Stefanie Goedeke

AF282465

Andere Welten - Roman

Roman-Zyklus „Bräute des Mittags“

Teil 2 mit 30 farbigen Grafiken als Illustrationen

Alle Grafiken sind urheberrechtlich geschützt als Eigentum der Autorin.

Ebenso: Die Illustrationen *Das Tier, Israel is real* und *Kaffee, Tränen und Kohle* sind Grafiken von Julian Kolbe

© 2025 Stefanie Goedeke

Verlag: BoD · Books on Demand GmbH,

Überseering 33, 22297 Hamburg, bod@bod.de

Druck: Libri Plureos GmbH, Friedensallee

273, 22763 Hamburg

ISBN: 978-3-8192-2659-5

Im Andenken an Shiri Silberman Bibas, ihre Kinder Ariel und Kfir Bibas, ihre Eltern Margit Shnaider Silberman, José Luis Silberman

„Die Sonne ist ein starkes Beruhigungsmittel, und die Zeit verging in einem Nebel des Wohlbefindens; lange, langsame, fast träge Tage, an denen es so schön war zu leben, daß es auf nichts sonst ankam. Man hatte uns gesagt, das Wetter bliebe oft bis in den Oktober hinein so."

Peter Mayle: Mein Jahr in der Provence, Juni 1992

„Er glaubte nicht, dass die Rationalität auf lange Sicht mit dem Glück vereinbar war, er war sich sogar fast sicher, dass sie auf jeden Fall in die vollkommene Verzweiflung führte; aber Anne-Lise war noch weit von dem Alter entfernt, in dem das Leben sie zwingen würde, eine Entscheidung zu treffen und sich, falls sie dazu noch in der Lage wäre, von der Vernunft zu verabschieden."

Michel Houellebecq, Vernichten, 2022/2023

„Ich sagte mir: Entweder versinkst du in Gleichgültigkeit oder die Erde bevölkert sich neu; ich bin nicht versunken. Da mein Herz weiterschlägt, muß es wohl für etwas, für jemanden schlagen."

Simone de Beauvoir, Die Mandarins von Paris, 1954/55

„Dieser einfache Jude, der sich mit großer Mühe durch ein Kapitel der Mischna quälte, lebte sein Leben lang auf der höchsten ethischen Stufe. Was andere predigten, setzte er in die Tat um (…) Ich weiß nicht, ob er (der Milchmann, S.G.) die Besetzung Warschaus durch die Nazis noch erlebt hat."

Isaac B. Singer, Eine Kindheit in Warschau, 1963

„mein lipstir aingel von himel wenn ich hob dain lechtig ge-
stald dersihen in mer geworin lichtik on maine bede bede ogen
in a lechtig veuer tut main harz prennin von gros lipschaft tzu dir
main sele wos aine himil ogen habin mech mid dain scheen lechtig gestalt zi sech gezogin fonn erschtir stunt bid main lebinn vun
main lebin fun main harz mein seli unnt tu nid schloffen in traom
dich sehinn ohn dir is di lechtige sonn finstir inn maine aigin
unn dir imir libin unn med dir lebinn dein dech ouf imir libindir
wos caput geht nach deine tritte un dich fun waitin küssen daine
schain oigin" – „Stemp"

Scholem Alejchem , Stempenju, 1888

Personenverzeichnis:

Thore Baruch Schiff: Deutsch-jüdischer Intellektueller, von Beruf Psychiater in einer Klinik und als selbständiger Gutachter tätig. Er ist Vater zweier adoleszenter Töchter, dem Zwillingspaar Pinea und Elisa, und Mann von Nastasja Rosocha.

Nastasja Rosocha: Von Beruf Geisteswissenschaftlerin in Bildungsinstitutionen und als Journalistin arbeitend, Mutter zweier erwachsener Kinder mit ungewöhnlichen Biografien, Thomasz, dem älteren und Elena, etwas jünger. Nastasja ist Frau an der Seite ihres Mannes geworden, der sie in der jüdischen und der nichtjüdischen Welt fordert.

Elisa und Pinea: Zwillinge, in der Phase der Empfindsamkeit und als Halbwaisen mit neuer Mutter und deren Familienzuwachs beschäftigt. Sie lösen sich langsam voneinander und suchen eigene Wege. Pinea ist eher kognitiv, Elisa affektiv begabt.

Elena und Thomasz: Junge Erwachsene, im Gespräch mit ihren Familienangehörigen. Sie sind in der Berufsorientierung, reisen durch die Welt, wechseln den Wohnort, orientieren sich an fester Familienplanung.

Abigael: Junge, schwangere Frau von Thomasz, gebürtige Tunesierin mit doppelter Staatsangehörigkeit. Sie versucht traditionelle Werte und moderne Lebensweisen innerlich begreifend und äußerlich erlebend mit Thomas zu verbinden.

Tante Ava: Schwester von Nastasja, Tante von Thomasz und Elena, Pinea und Elisa, Schwägerin von Thore. Sie ist Familienmittelpunkt als Ansprechpartnerin, aus dem Beamtentum ins Berufsende wechselnd. Sie praktiziert privat ein für sie neues Zusammenleben in Südfrankreich mit ihrer Frau Miranda.

Miranda: Deutsch-französische Antiquarin und Autorin für verschiedene Zeitungen, Freiberuflerin und Frau von Ava, die ein kleines Mas (altes, bäuerliches, freistehendes Anwesen) umgestaltet hat, um ans Meer der okzitanischen Küste mit ihr zu ziehen, nicht ohne Mühen, aber recht autark. Beide Frauen sind aufgeschlossen für Besuche aller Art.

Kapitel 1 Thore Baruch, grübelnd

„Es gibt eine Zeit des Daseins und zwei Nichtzeiten, eine Zeit des Lebens, ein etwas vorher und vielleicht etwas nachher. Das sagen mindestens die Agnostiker unter uns. Zwei Existenzen, in denen man nicht bewusst vorkommt, vielleicht nicht existiert. Wer weiß das? Der Glauben ist eine Antwort darauf. Gelobt seist Du. Aber an was glauben? An die Macht? An das Ewige? An den Moment? An die Melodie, die Schrift, die Bilder? An die Gemeinschaft ? An den eigenen Körper, die Sinne? Oder das Gefühl, die Sehnsucht? Doch an die ebenso allumfassende Natur wie die allumfassende Vernunft? Das Nichts da draußen?"

Es lag etwas Spott in seiner Stimme. Sie kam von weit her, er hörte sich kaum zu. Er schob seine Hand in die Hose. Die Haut oberhalb seines Bauchnabels fühlte sich warm an. Er hatte die ganze Zeit Lust dabei, in sie einzudringen, in die warme Höhle zu gleiten, sich tief in ihr zu bewegen, zu verharren und das Gefühl, zu zweit zu sein, nicht mehr loszulassen. Fast war ihm, als könne sie das fühlen am anderen Ende der Welt, wo sie gar nicht war, aber fern von ihm jedenfalls, zu weit weg für sein Gefühl. Er seufzte. Sie saß bestimmt da und konnte fühlen mit ihrem tiefen Gebärgang, dass er sich nach ihr sehnte, sich verzehrte in Gedanken an ihre Haut und ihren Körper, ihre Weiblichkeit, ihren Duft und ihren Anblick. Ihre Stimme fehlte ihm auch. Er kam sich vor wie ein Trottel, so zerrissen zwischen seinen grüblerischen Gedanken und seinem Verlangen, das ohne

Echo blieb. Aber warum sollte eine Person, die mitunter als ungeschickt galt, auch über die Abfälligkeit hinaus, mit der man sie betrachten mochte, sich wie ein Spielzeug um sich selbst drehen und dabei Wunder bewirken oder betrachten können? Er sah sich jedenfalls gerade so, obwohl er wusste, er war seltener so, als er jetzt dachte.

Er ließ das Sprechzeichen des WhatsAppkontakts los, ohne sich richtig verabschiedet zu haben, er kam sich jedenfalls falsch dabei vor, es hörte sich alles fahl an, was er sprach, sein Handy legte er mutlos auf den Tisch. Was sollten ihm auch alle anderen Menschen. Obwohl dies ja ein guter Freund gewesen war, der ihn gerade nicht verstand. Es war noch früh am Morgen. Vielleicht zu früh für ein gutes Telefonat. Er kannte auch Nastasja noch immer zu wenig. Sie stand schon seit ewigen Zeiten im Tanaach, Schemot, 35 ,15-32,: „Und alle Frauen, deren Herz sie trug in Kunstfertigkeit" war von Anfang an dabei, nicht zu übersehen, für einen wie ihn nicht und die anderen Männer auch nicht, so, wie sie die Männer ansah und betrachtete, konnte man froh sein, dass nicht gleich ein Krieg unter ihnen ausbrach…alle Frauen, deren Herz sie trug in Kunstfertigkeit…und die ihr Herz sie trieb zu bringen… großartig, aber wohin bringen oder wem? Das war eine gute Frage. Was brachte sie ihm ein? Nichts als Ärger, Wirrnis, abgesehen von einem müden, gequälten Lächeln und dieser Sehnsucht. Oder war das Hoffnung auf mehr als Begehren? Schma´Israel, adonai elohenu, adonai echad. Gesegnet seiest Du, unser Land und Gott…Sie wartete ständig darauf, dass aus den Augen der Männer dieser Satz leuchtete, von dem sie sich dann einfangen lassen wollte, einzigartig, doch unter allen anderen gleichauf, also mit ihnen: Auch setze ich meine Wohnung unter euch, und ich will euch nicht verschmähen, sagte sie langsam und leise vor sich hin, wie zu sich selbst, wie für alle um sie herum, in seiner Erinnerung tat sie das immer öfter, mit ihrer Mischung aus Glauben und Zweifel. Nicht nur das Angesicht von Moshe konnte dadurch gesehen werden, dass die Haut des Angesichts von ihm strahlte. Ihre Hände wollten auch andauernd Haut, Volumen, Muskeln und Körpermasse sehen und streicheln und wie angezogen sein, hier von dem Angesicht eines Mannes. Und das nicht einmal beliebig. Er wusste ganz genau, wie sie war, und das war auch sehr oft unwiderstehlich, aber dabei konnte kein Alltag stehen bleiben. Thore Baruch, ermahnte er sich im Sinne seiner Eltern - das war sein Name, nur, dass er hieß wie er hieß, half ihm jetzt auch nicht weiter. Er schüttelte den Kopf über sich. Er konnte sie schlecht erst mit in eine Synagoge nehmen, dann in eine Kirche mit ihr gehen und ihr dann den Kopf verdrehen. Sie mochte nur sehr wenige Kirchen und nicht jede Synagoge gefiel ihr und selten eine der monumentalen Moscheen. Sie rieb ihre Füße an seinem Leib, unmerklich, fein und leise, darinnen zu wohnen, in einem gemeinsamen Leib. Jawohl, sie ließ ihn nicht zur Ruhe kommen.

Thore Baruch, Illustration, Anmutung I, Grübeln

Nastasja liebte eigentlich nur eine bestimmte Sorte von Synagogen, die anderen durchwanderte sie eher, sie ließ sich nicht wirklich darin nieder. Er sah es schon an ihren Augen, wenn sie etwas Geweihtes als zu kalt, zu glatt, zu hart, zu distanzvoll empfand. Warum muss denn diese Deutung so grausam sein, fragte sie. Sobald sie fremdelte, gab es diese Wand um sie, die sie stocken ließ. Als wäre dieses Rätsel nicht genug, hatten seine Töchter einen Streit begonnen, der mitten durch ihr Schulleben, aber auch durch eine Zwiespältigkeit ihres religiösen Daseins führte. Elisa war im Begriff, sich Teilen des christlichen Glaubens und seinen Überlieferungen wie der Bergpredigt zuzuwenden, etwas unschlüssig, aber mit einer gewissen Neugierde, die sich in ihr durchsetzte. Pinea verstand das überhaupt nicht, war zu Tode in ihrer Seele verletzt über das gedankliche Weg- und Fremdgehen ihrer Schwester, auch wenn diese das interreligiös nannte. Und neben den jetzigen Schulerfahrungen, dem anstehenden Abitur und den daran anschließenden Aufbrüchen brachten seine Töchter so viel Beklemmendes aus dieser Institution mit, dass Thore sich fragte, ob das Umfeld, in dem sie lebten, das richtige für sie war. Außerdem hatte einer seiner Brüder eine arabische Frau geheiratet, und sie waren sich alles andere als einig in der Gestaltung ihrer Beziehung, was sich auch auf ihren Kinderwunsch auswirkte; auf ihren Streit darüber. Unterschiedliche Religionsverständnisse und liberale und konservative Einflüsse, andere Familiengeschichten, eine Lebensführung hast Du, sagte die eine Schwiegermutter zur anderen...die Auszeiten von der Realität waren zu gütig, um wahr zu sein. Ständig mischten sich Menschen bei ihnen ein, die ihr unterschiedliches Geschichtsverständnis noch mehr beeinflussten, sodass Thore sich unwillkürlich und wiederholt fragte, was von ihrer Liebe nach allen Diskussionen, Verrenkungen und Spannungen noch übrigbleiben würde. So wichtig waren sie sich vielleicht nicht, wie das Ich des je einzelnen es von ihnen verlangte, oder das Sinnbild der Gemeinschaften ihnen es gebot. Es war also wieder einmal eine Zeit voller Fragen und kaum zu entwirrender Wiederholungen. Nastasja und ihre Familie machten da keine beruhigende Ausnahme, genauso wenig wie die Psychiatrie mit ihren Anforderungen. Meistens musste er sich nach dem Beruf abreagieren, nicht immer fühlte er sich nach dem Sport befreit.

Thore betrachtete das Lächeln von innen. Die Sorten. Mit dem Lächeln und dem Mädchenorchester von Auschwitz-Birkenau sollte man damals ins Gas gehen. Mit dem Lächeln wurden Menschen nichtsahnend oder absichtlich vorher fotografiert. Mörderhände und ihr Handwerkszeug. Es war eine lange Strecke dazwischen, zwischen dem Jetzt und Vorvorgestern. Aber immer wieder schnurrte sie zusammen. Das Lächeln gehörte auch heute zu den Ahnungslosen und zu den Arroganten. Es war das derer im gegenwärtigen Leben der Stadt, die erst ihre Verachtung, Abwehr und ihr Platzhirschhalten kundtaten, um dann, nach einem Schlagabtausch, mit einem feinen, maskenhaft gekonnt modulierten Lächeln das Abseits anderer zu quittieren. Mit einer entwaffnenden Ehrlichkeit konnte man geradewegs jemanden ausspielen oder sich diesem und jener in aller Freundlichkeit entledigen. Die Münder faselten, die Musik spielte dazu, die Instrumente sprangen in wechselnde Höhen, aber in der Tiefe des Herzens gingen viele vor allem zu sich selbst. Dies ging an den Grabenkämpfen um den Neubau einer alten, zerfallenen Synagoge in seiner früheren Heimatstadt ebenso wenig vorbei wie an den städte- und landespolitischen Intrigen, den papiernen Verlautbarungen politischer Behörden. Konnte das alles sein? Die je andere Partei war immer dafür verantwortlich, die Klüngelei verstanden die Platzhalter besonders gut, die Ideologien rieben sich aneinander ab, bis nichts mehr übrig blieb vom Ursprungsproblem, das sie angeblich versuchten zu bewältigen. Die Kommunikation der Seilschaften war dazu da, die Stühle so zu verrücken, dass sie über Jahrzehnte besetzt bleiben würden. Darüber lächelten nur die Ahnungslosen. Man konnte schließlich auch mit einem Lächeln sagen, dass man sich erinnere, dass es zu schwierig gewesen sei, einen passenden Termin füreinander zu finden. Die Ministerialbürokratie verbrauchte derweil unendlich viele Bestimmungen dafür - Behörden, Rundfunk, Amt und Gericht und ein Karussell dazwischen: war das Alltag? Gab es noch etwas außerhalb der Geheimdienste, der Anstalten, der Behörden? Außerhalb der Spitzel und ihrer Hausmeisterdienste, innerdienstlichen Erkennungsmarkierungen auf Toilettengängen? Reichte nicht das kontrollierte Lächeln eines verständnisvollen Staatsdieners aus mit vorgeschobener, diplomatisch verabreichter Besänftigung und digitaler Dienstleistung? Unverbindliche Drohungen im Sinne des haben wir uns verstanden oder Sie fliegen raus oder des feinen Händedrucks oder der Anweisung...Und dann gab es die Hebebühnen, die Preisverleihungen über das Lächeln der Verstummten hinweg. Die diversen Shows, den Schlagabtausch dazu, die Inszenierung in den Fernsehsendern täuschte Authentizität in eingespielten Mustern der Rhetorik vor, käute sie wieder und wieder. Und das Dasein quittierte ein Lächeln, das Lächeln wiederum quittierte sich selbst ohne das Fremde als eigenes anzuerkennen. Es würde nie aufhören, dieses Lächeln.

Erew shel shochaim. Das Licht der Rosen. Das gab es auch. Es war noch früh am Morgen, und die rosige Knospe einer Frau roch in sein Bewusstsein hinein. Sie saß nackt auf einem Stuhl, in einem zu großen, wuchtigen, barock anmutenden, goldenen Rahmen eingeklemmt. Der Po war ausladend seitlich über die Stuhlkante geschoben und über die schmale Taille hatte sie einen Arm auf die andere Stuhlseite gelegt, ihre Scham war dunkel wie das Haar und lag frei. Ihre Schenkel waren leicht geöffnet, ein Bein hatte sie schräg angewinkelt, das Haar lag auf der linken Seite und fiel dunkel darüber. Sie sah seitlich am Bildrand vorbei, und ihr Mund drückte unter dem edlen Nasenschwung, der an ein griechisches Profil erinnerte, eine Schwermut aus, die sich in den Augen wiederholte. Das linke Auge war kaum zu erkennen, es lag im Schatten. Ihr rechter Handknöchel lag auf der Lehne, ihre Hand streifte fast ihre Brust mit einer dunkeln Warze, die Brüste erhoben sich in den Raum. Und jetzt erinnerte sich Thore Baruch daran, wohin diese Frau gehörte, eine Kopie des Gemäldes hatte in dem Lokal Les Templiers in Collioure gehangen, Nastasja hatte es ihm genau beschrieben. Was konnte diese Frau sich gewünscht haben?, hatte sie ihn, hatte sie sich selbst laut gefragt. Ein

15

Streicheln wie ein Hauch, eine warme Decke über die Schultern, eine sanfte Zungenspitze, die sie anstieß und langsam in sie hineinfuhr? Ein Biss in die Ferse, ein langsames Hinwegstreichen über ihre Beine mit einer rauen Wange oder dem geöffneten Mund, sacht zupackenden Lippenmuskeln eines Mannes? Die Rosenknospen umkreisend und eine Spur bis zum Hals ziehend, damit sie den Kopf mehr als freiwillig bog, um aufgeregt zu warten? Wollte sie weiter nach vorne gelockt werden, bis sie über den Stuhlrand mit der Scheide reichte, auf den Poschenkeln saß, und er, würde er das sein, sie lange mit dem eigenen Fußzeh reizend? „Der Gott, der mich geweidet hat von meinem Dasein bis auf diesen Tag",Bereschit 31,9-27, war das damit gemeint, wenn man diesen Satz ins Heutige übersetzte? Oder wollte die Frau lieber aufstehen und zu ihm gehen? Wollte sie verschwinden in die Richtung ihres traurigen Gesichts? Ging es um Geld, ging es um Enttäuschung? Das Gemälde gab es nicht preis, aber die Zeit der Fauvisten im äußersten Süden der französischen Pyrenäen an der Küste war keine, in der die Frauen oft den Mund aufmachen konnten, schon gar nicht zur Kunsttheorie. Doch die Sattheit ihres Körpers, die sinnliche Leiblichkeit, die pure Verschwendung schöner Gelenkigkeit, mit Neid gesprochen, und die natürliche Üppigkeit, gepaart mit der Zartheit der Gliedmaßen und des Gesichts im Kontrast zu dem kargen Stuhl, auf dem sie saß, sprachen Bände. Er hatte sie geweidet und weidete von diesem Dasein und konnte nicht genug davon bekommen, man sah sich nicht satt an diesem Bild, sagte ihm Nastasja damals auf einer Fahrt. Thore gab sich zu: Er hatte sich noch nie satt gesehen an ihr.

Beim Zähneputzen dachte er an die junge Referendarin, die wegen ihrer jüdisch- christlichen Themenauswahl als suspekt betrachtet wurde, interreligiöse Bezüge waren in der Didaktik der Schulausbildung genauso oft ein Ausschlusskriterium wie interdisziplinäre Bezüge an Universitäten. Die Anwärterin hatte die Note mangelhaft erhalten für ihren Versuch in der Examensarbeit, Wittgensteins Sprachspieltheorie mit Kants Moralphilosophie in Verbindung zu setzen, und die zuständige Fachleiterin hatte nichts davon kapiert. Kants Rechts- und Moralphilosophie könne damit nicht in Einklang gebracht werden. So stand es im Gutachten, er wurde hinzugezogen. Naja, da lag der Formalismusvorwurf nahe bei Schizophrenie im Spagat zwischen Autoren, man brauchte dazu kein Hegelianer sein, die Referendarin hatte zu schweigen und zu schlucken, wenn sie nicht durchfallen wollte. Ein abgeschlossenes Philosophiestudium erster Güte und magna aus dem ersten Staatsexamen mit Doktorarbeit vorzuweisen hatte sie, aber Intellektuelle in der Schule waren nicht nur zu intelligent, um sie musste man sich auch noch kümmern, sie griffen an und stellten in Frage, wo andere ihre Mittel einsetzten. Sie dachten tatsächlich noch darüber nach, warum Schüler nicht intrinsisch lernten, während die Schülerschaft maulte wegen zu viel Lernstoff und Überforderung, am Ende gab es Scherereien mit der Elternschaft. Doktoranden waren keine guten Betriebspragmatiker, Opportunismus war erst mühsam

17

anzutrainieren. Schade, aber typisch. Zu geformt, zu viel Persönlichkeit mit Humanismusquatsch und Gedächtnis. Die Zahnbürste musste ausgetauscht werden, stellte er fest, und steckte sie doch wieder zurück in den Becher. Er nahm das Handtuch mit den hebräischen Buchstaben seiner Initialen darauf, um sich das Gesicht abzuwischen und die Haut etwas zu schrubbeln, bevor er es wieder an die Badezimmerheizung hängte.

Eine ehemalige Abiturientin aus der Schule seiner Töchter wurde gehänselt wegen ihrer Mischherkunft aus einer erst geduckten, sich vormalig in sozialem Aufstieg und Selbstschutz wiegenden, einerseits gegen die braune Macht abstinenten und allmählich in Widerstand bringenden Helfer- und andererseits Mitläuferfamilie, die ehemals konvertiert war, national wie religiös, auch aus jüdischer Herkunft. Man wollte dieses Semester unkompliziert abhandeln und nicht mit Personen mit Extremsensiblisierung, mit Mischungen aus Mitläufer- und Opferfamilien konfrontiert werden, die auch noch in Täterfamilien eingeheiratet hatten, in jüdisches und atheistisches Umfeld eintauchten oder in geheimnisvolle Liebesaffären mit Folgen eintraten. Alles kreuz und quer und belastend in der Genealogie von Handlungen und Familienzusammenhängen. Das Gelage passte weder den Politstrategen noch dem Inlandssicherheitsdienst, dem jüdischen Geheimdienst oder den christlich sich in Antisemitismusforschung ergehenden Professoren, die Kinder und Enkel der Altnazis hatten auch keine Freude daran, denn es gab immer etwas bei ihnen aufzudecken.

18

Unsinniger Überschuss, er hatte sich dann darum zu kümmern, per Überweisung. Seine Stadt war auch ihre. „Damit euch nicht ausspeie das Land, wohin ich euch führe, darinnen zu wohnen", so wollte es Wajjikra. Daher war es jetzt wohl seine Aufgabe, in den Tag zu kommen und etwas zu tun.

Es war noch so früh, er hätte sich noch zwei Stunden ins Bett legen können. Aber es gab diesen Kongress vorzubereiten, seine Redebeiträge und Moderatorenrolle darin, er musste seine Fallbeispiele nochmals durchgehen. Am Ende würde er dann einen seiner unvergesslichen Lieblingspatienten aufrollen. Von dem hatte er wirklich viel gelernt. In der Praxis half ihm das wenig, aber das Geld war gut verdient, und er war überzeugt davon. Von was? Es verschwamm ihm. Eine Erinnerung rollte an ihn heran. Das Wasser klatschte leise, rhythmisch und stoßweise an die schmale Steinmauer. Es hatte etwas Schlüpfriges, seinem Widerhall zuzuhören. Sein Gehör von damals kam ihm wehmütig nahe. Schmatzen, Schlürfen, Gluckern, Schwappen, Spritzen, Zurückfließen, das gefällt mir alles, dachte Thore Baruch. Ach, Nastasja, jetzt hast Du mich hier sitzen lassen, dabei fliege ich auf Dich. Nur wie Honig schmeckst Du nicht. Momentan fühlst Du Dich an wie Schnittlauch im Mund. Aber das wird sich ändern. Thore war sich plötzlich sicher, er müsse nur Geduld haben, sie würde in einigen Wochen wiederkommen, und dann würde er gewinnen. Den gutaussehenden Dunkelhaarigen mit den tiefforschenden Augen und der nachdenklichen Intellektuellenstirn konnte er ebenso bieten wie den zurückhaltenden schmalgesichtigen Durchgeistigten mit dem langen Bart, der an die alten rabbinischen Weisheiten anknüpfte, oder er setzt sich einen Hut auf, den er mit orthodoxer Leidenschaft trug und sagte eine jiddische kleine frivole Frechheit oder wechselte ihn mit einer bunten Kippa aus und machte kaufmännische Rechnungen auf mit Hoteleinlagen zum Schmusekurs, je nachdem, was Nastasja mehr anzog. Fast musste er grinsen, sie erwärmte ihn schon durch Erwartung und den Gedanken über seine Sehnsucht. Er würde sie einfach intensiv ansehen, das hatte bisher immer geklappt. Besonders bei ihrer Ästhetik des Blickefangens: „Und von dem Eingang des Zeltes der Zusammenkunft gehet nicht hinweg, dass ihr nicht sterbet, denn das Salböl des Ewigen ist an euch", Wajjikra 10,4-17 war das, glaubte er. Aber er wollte jetzt nicht nachschlagen. Seine blauen Ausgaben lagen ohnehin durcheinander in verschiedenen Räumen. Das Zelt, der Eingang und die Zusammenkunft – das Weiche, Gefühlsvolle und Gedankenreiche, das Stocken und Wegbrechen der Stimme, das Eintreten in die Teilnahme. Wie konnte man das in die Gegenwart übersetzen?

Thore hatte eine Idee, die er nicht für umsetzbar hielt, die aber dennoch auf einem Umweg brauchbar sein konnte. Er sah sie eingeklemmt zwischen verschiedenen, widerstreitenden Realitäten, zwischen Gruppen und Zuständen, die nicht zueinander passten. Dennoch konnte diese Idee eine Verbindung zwischen ihnen schaffen. Die Ideale seiner Zeit waren nicht nur im Kernland aufgehoben, und es würde immer Juden geben, die nicht dort leben wollten oder konnten, es gab Länder, in denen die Nationalität und Herkunft wie eine Wurzel waren, die sich mit ihrer Erde und ihrem Herzen verband, mit ihrer eigenen Mischung. Er wollte dazugehören, zu diesem Gemisch aus Liebe und Hass, das Brücken schaffen konnte und sein Leben mit anderen teilen, die nicht gleich waren, und doch ihm gleichen konnten. Es gab eine unterirdische Art miteinander verwandt zu sein, quasi psychogenetisch, wie eine Baumart nur neben einer anderen überleben konnte. Daraus konnten neue Existenzen erwachsen, Samen und Übertragungen, neue Lebensarten. Wenn man das auf eine psychosomatische Ebene übertrug und auf die Sprache, dann war man dem Jiddischen sehr nahe, dem Singsang des Abendlandes. Es kam aus verschiedenen Ländern, Kulturen, Gegenden, Erfahrungsräumen und hatte Sprachbestandteile immenser Grammatiken und Dialekte, es erfand und bediente sich immer musikalisch, und das Kauderwelsch seiner Seele war stets in Laute gemalt. Das Kauderwelsch seiner Seele war ihm aber in letzter Zeit mit Nastasja eher misslungen. Er wusste genau, warum sie ihn hier monatelang auf sie warten ließ, Meereslängen entfernt voneinander.

Es war eine alte unerledigte Geschichte zwischen ihnen, voller Bitterkeit, Verletzung und Vorwürfen sowie seiner Rache, ja seiner ungerechten und doch so plausiblen Rache. Da es keine Vergeltung gab und geben konnte, für das, was geschehen war…an wem sollte man diese auch auslassen, wenn nicht an seinen Liebsten? Er wusste, dass er gemein werden konnte, ungerecht, er wollte dann einen Keil schieben zwischen den Schmerz und sich selbst, und sie musste der Pflock dazu sein. Dieser Hass, den er bewegte, er hatte mit der Gegenwart viel weniger zu tun, als er sich selbst glauben machen wollte, aber er hing daran. Er ging mit ihm, er war da sozusagen, mit jedem Schritt, den er ging. Und manchmal hämmerte der Takt dazu, am Puls seines Herzens konnte er es fühlen, alles, und alles musste er ihr dann vorwerfen und zuwerfen, all das Unfassbare der Geschichte seines Volkes und seiner Familie und ebenso eines Teils ihrer Familie sollte unfassbar schwer wiegen auf ihr. Und der andere Teil ihrer Familie war bei ihm. Ihre Geschichte war anders als seine und doch gab es Gemeinsamkeiten. Und widerstrebend wollte er sie anfassen dabei, sich mit ihr verleiben, sie in sich aufnehmen, sie abstoßen, verwerfen und diese Verachtung des Lebens, seiner Umgebung, es ekelte ihn selbst an, wie er wurde, nicht nur, was er sah. Sie wollte zudem unbedingt etwas Unternehmerisches machen, ohne ihn, aber das war eigentlich zweitrangig, zwischen ihnen war das verkraftbar. Nein, es war sein Hass auf etwas, wofür sie nichts konnte, doch war ihre Familiengeschichte gesprenkelt und nicht linear und die seinen hatten gelitten, so gelitten, dass er nicht in der Lage war wie Jean -Jacques Goldman zu fragen, was er getan hätte, wenn er 1917 in Deutschland geboren worden wäre. Und dabei wusste er genau, wie nah sie ihm kam und wie nah er sie sah unter den seinen, er wusste, man erkannte sie, wenn man sie nicht verkennen wollte. Aber der abgrundtiefe Hass einer jüdischen Mame auf ein Fremdkörperwesen, so eingebildet und selbstüberheblich er war, hatte seinen Sinn. Das alte Getto wehrte sich, und wenn die Luft zum Schneiden war, konnte man den dahergelaufenen Nichtmutterjuden sagen, was wollt Ihr denn, zumal Ihr Deutschen unter uns, seid mal still, wir hassen Euch noch immer, dieses Land ist auch ein deutsch-jüdisches und oft antisemitisches Land und dieses Land trennt die Juden fast für immer von Deutschen, welch ein Widerspruch quer durch uns selbst, dachte Thore, und dieses Land und jenes Land, spätestens jetzt müsste man dem Druck mit Drogen und Alkohol und Schlaf entkommen oder mit Tränen. Und die Selbstüberheblichkeit, die sich überall mit Verachtung besprühte gegen die Umgebung wie andere sich mit Parfüm, es war ihm peinlich, mit welcher inszenatorischen Willkür man sich gehen lassen konnte auf allen Seiten. Nastasja, murmelte Thore, jetzt fasele ich vor mich hin, ohne Dich, und Du bist froh, mich los zu sein oder hast Dich abgekehrt von uns oder hast beschlossen etwas zu machen, ohne all die Besserwisser , die die Richtlinienkompetenz wie ein Netz über Dich warfen.

Der ausländische Blick. Gedichte an die Heimat. Der ausländische Blick, das war sie. Varianten der Ein-, Mehr- und Zweisamkeit, seine Gier und sein Echo im Leben. Er hatte Gedichte von ihr per Post bekommen, und sie hatte ihnen einen Titel als kurzen Kommentar beigefügt. Ihm gefiel ihr ausländischer Blick und, dass er ihre Heimat sein konnte und ihre Sehnsucht beherbergte, jeden Morgen und jeden Abend neu. Er fragte sich, was für ein Hemd er anziehen sollte an diesem Morgen, passend dazu. Er ging vom Badezimmer zum Schlafzimmer über den Flur und spürte die feinen Fasern des Teppichs, einem Gabbeh, an seinen Sohlen, mit einem Blick erfasst er das leere, noch vom Schlaf zerwühlte Bett ohne seine Frau. Er ging zum Schlafzimmerschrank und schloss eine Tür auf, um ein frisches Hemd auszusuchen. Ein Hemd von der Farbe ihrer Gedichte. Sie lagen, zusammen mit dem Kuvert, auf seinem Nachttisch und er las sie mindestens zweimal in der Woche. Er ging auch jetzt, während er sich ein lindgrünes Hemd überstreifte, zum Nachttisch, setzte sich auf die Bettkante und begann sie zu lesen.

Illustration: Nastasja, Anmutung 1, Grübeln

26

1

Schon dort, wenn gar nicht angekommen.
Noch hier, stets voller Ungeduld.
Geh weg
Heißt: Gehweg, lange Strecke
Weg zu Dir.

So lange es dauert, gehen wir.

Ich sehe Deine Beine. Ich sehe Deinen Hals.
Ich nehme Zeit von Dir, die Deinen Weg begleitet.

2

Der Brief liegt weich und weiß
Und ungefaltet neben dem Tintenfass.

Ich schreibe alles auf, was ich nicht kenne.

Was zu spät kam, zu früh
Und unbegreifbar blieb, entglitt.

Ein Satz ist viel an diesen Tagen,
an denen das Papier ausgeht, davon
läuft mir der Schweiß.

Es entstehen Abdrücke
von dem, was ich schreiben wollte,
das Blatt legt sich über das Blatt - fast von selbst
weg.

Reste: wie man Post an sich selbst schreibt
Kleben an meiner Hand.

Die Tischkante berührt mich noch.

3

Mit den Fingern hinterlasse ich Spuren
auf meiner Haut. Ich fasse nach mir.
Mein Streicheln entfernt das Denken,
den laufenden Bildschirm: Erkenntnisnot.
Aus allem wird eine einfache Handlung
über stillhaltendem Busen.

4

Ein beklemmendes Gefühl:
Brustwarzen zu haben, die sich auf& ein
Richten nach Bedarf
Geküsst werden will ich, bei ihnen sein
Während alles fließt

5

Das weiße Hemd trägst Du
Leise auf mich zu
Es laufen Läuse darüber hinweg
Schwarze Punkte über hellen Abgründen

Sie sehen mich an
Glühende Augen hinter dem schwitzenden Blut
Laufen kreuz und quer
Suchend ein Loch im Knopf

Aus deinen Achselhöhlen entsteigt ein Duft
Der als Asche auf dem Grau
meiner Seele aufkommt
Während der Tag uns für Sekunden glättet

Das weiße Hemd, das wusste er…es gab keins, das ihm wirklich passte. Innerlich hatte er immer wieder mit unterschiedlichen Torastellen zu kämpfen: A. Verunreinigung, Auslöschung, Strafsanktionen, ständige Anweisungen: Und bei einem Mann sollst du nicht liegen, wie man bei einer Frau liegt; ein Gräuel ist es, stand in Wajjikra 18,11-30, und weiter: So ward das Land verunreinigt, und ich suche die Schuld heim an ihm, und das Land speiet aus seine Bewohner, ja, das waren mehr als Bilder, auch wenn berühmte Kollegen der Vergangenheit und zu Recht anerkannte Kollegen der Gegenwart von erzählten Bildern und symbolischer Übersetzung sprachen und schrieben. Jedes Kind musste doch auf die psychologische Wirkung reagieren, und die Autonomie der Frauen konnte wachsend bestehen. Bis heute schüttelte es ihn, seine Patienten, allgemein Menschen, die ihm näherkamen, seine Familie, seine Lebensgeschichte, was diese Bilder bewirkten und hervorriefen, wie diese Sprache in die knochige, verquere Seele fuhr.

A. Auf dem Bildschirm hatte er wieder einmal verfolgt: Auf Bewährung verurteilt, eine alte Frau mit über 95 Jahren als Hannah Arendts Schraube im Betrieb, wesentlich, ja, weil freiwillig im Konzentrationslager gearbeitet, ja, aber ja!- aber statt in Deutschland nach bald 80 Jahren ehemalige NS-Eliten und ihre ökonomischen Hierarchien in Behörden, Industrie und Adel entnazifiziert zu haben, machten sie noch hier eine alibihafte Entsorgung kurz vor dem Ende und da eine und da noch eine, untermischt mit etwas medialer Plausibilität, und die Zeitzeugengeschichte von Angesicht zu Angesicht erübrigte sich ohnehin, wie alles andere, von selbst. Dafür sorgten die so langsam und so effektiv arbeitenden deutschen Behörden, und nicht nur diese. Man sollte in die Zukunft schauen, nicht allein auf Putins Netzwerk von Frankfurt über London nach New York, wie es in seinen Büchern stand, die drüben im Arbeitszimmer neben der Ablage des Schreibtischs lagen. Meist waren Prolog und Epilog schon desillusionierend genug. Alles andere war ebenso deprimierend, erst recht mit einem Krieg auf dem Kontinent, den bürgerkriegsähnlichen Episoden und den Freudenfeiern über ermordete Synagogenbesucher in Israel. Herrschaft war stärker als Demokratie, der Hass entlud sich immer wieder periodisch, hatte das nicht schon die vergleichende Verhaltensforschung behauptet? Im Isenburger Schloss in Gelnhausen Meerholz und in den anliegenden Wohngebäuden war gefoltert worden, enteignet und eingesperrt, ohne dass bis heute irgendjemand zur Rechenschaft gezogen worden wäre. Nastasja hatte ihm aus ihren früheren Berufsjahren, aus journalistischer Recherchenarbeit mit einer Institution erzählt, wie auch über Euthanasiepolitik im hessischen Spessart, die Praktiken des Ermordens in den Dörfern hinter Wächtersbach und Bad Orb. Niemand kümmerte sich mehr darum, obgleich es Zeitzeugen gegeben hatte, Interviews und Tonbandprotokolle. Der Hass entlud sich gierig und gern im Menschen, Apparate stärkten das. In Kronberg konnte man erfahren, auf welche Weise hochrangige FDP-Politiker deutsche Banken stiftend ihre Schuld mit Geld wiedergutmachen ließen, adlige Vertreter aus staatspolitischen Raisongründen parteiübergreifend telefonierten bis in die Prinzengemächer hinein. Alles hatte schließlich nach der NS-Diktatur eine neue Ordnung und zwei Seiten, eine davon den Hinterausgang Bordell. Thore dachte kurz an seine psychiatrischen Ambulanzeinsätze, die oft jahrelang ergebnislos vor sich hinsiechten bei aller Protokollarbeit ohne Therapie für die Kinder, mit überlasteten Justizangestellten, abwiegelnden Richtern und mit langwierigen, qualvollen Gerichtsverfahren für das Kind. Thore dachte an die Gespräche mit dem suizidalen, mehrfachen Vater, der mit Vorliebe im Ehebett erst seine Frau nahm und ihr dabei nur das Nachthemd hochstreifte, und sich dann an der neunjährigen Tochter verging, der er beigebracht hatte sein Glied zu lecken und, bevor es ganz hart war, schob er sich in ihren runden Kinderpopo. Sie drehte sich und krümmte sich dafür, und er dirigierte sie. Auf dem Spielplatz bewunderten andere Kinder ihren übertrieben gemusterten roten Mund und Eltern besahen sich widerwillig das merkwürdig unkindliche Gesicht. Die anschaulichen Beschreibungen hätten in jeden Roman gepasst.

B. Rache konnte die widerwärtigsten Praktiken entwickeln, die sich Nachfahren von Überlebenden leisteten, ohne mit der Wimper zu zucken, er wusste es von sich selbst, und hatte es auch bei anderen so erlebt. Nastasja hatte lange und viel ausgehalten, hatte mit ihm gerungen, und manchmal hart gekämpft und gestritten und sich irgendwann zurückgezogen. Dubioser Dibbuk und Dämon, Hitler gewann immer noch und mischte sich überall ein. Inzwischen waren sie alle Nachfahren von Nachfahren und deren Nachfahren. Und nicht nur und ausschließlich in Opferfamilien hatte es die Überlebenden gegeben, auch in Mischfamilien, hin und wieder im Mitläufertum, selbst bei Kollaborateuren, die sich besannen. Und was die Mehrheit der Masse betraf: Auch die unschuldigen Enkel, Urenkel und Ururenkel von Mördern konnten von Nachfahren jüdischer Überlebender misshandelt werden - wenn das auch selten geschah -; wie diese selbst wieder und erneut trotz des millionenfachen Mordens zu Antisemiten heranwachsen konnten. Nicht Israel machte ihn missmutig. Aber doch…der engstirnige Rassismus der sich haredisch nennenden Auferstehungsbewegungen betraf verschiedene nichtjüdische Völker, andere jüdische Gruppen oder Mischwesen oder Menschentypen, die sich anders oder schicksalshaft und kulturell mit ihrer jüdischen Geburt verbunden sahen. Doch konnte er diese Erweckung von Ursprüngen und das kleinlich-grausame Beharren auf der spirituellen Leiste der Mystik verstehen - wenn es denn dabeigeblieben wäre, etwa jiddische Kultur und Sprache zu erhalten, das Leben im Schtetl geschichtlich zu ergründen, Musik oder Speisetraditionen und religiöse Spiritualität wieder zu beleben. Was konnte das aber sein und werden – ein anderes Amen als mit anderen, als ein gemeinsames Amen gab es nicht. Sich mit den Ahnen niederzulassen, neu zu siedeln war kein Verbrechen. Aber so einfach war es politisch nicht. Und persönlich hatte er versagt und war nicht umgekehrt, er hatte oft und lange kein Amen für Nastasja übrig gehabt. War mit seiner Gier über sie hinweggeglitten, hatte ihr seine Wut stoßweise gegeben und war dann einsam in seine Erschöpfung zurückgefallen.

Und C., oder war er bei D? Auch er hatte Nastasja das fühlen lassen, dass er meinte, sich alles erlauben zu können, weil Antisemitismus eine Tagesform der Gesellschaft war. Aber das ertrug ihre Lebensgeschichte nicht, das wurde ihr nicht nur nicht gerecht, es war auch unsinnig. Manches Mal musste er sich eingestehen, dass ihre Israelliebe viel größer war als seine, jedenfalls wenn es um so etwas wie die Verbindung zwischen dem Bund und seinen Teilen ging, dem Rufen von Kontinent zu Kontinent, dem Kern der Sprache im Gesang, dem Land der Sehnsucht selbst. Ja, sie konnte die Asche auf dem Grau seiner Seele sehen, mochten noch so viele Verräter und Spione sie bedrängen, sie häutete sich zäh. Man erkannte sofort, dass sie nicht mehr betonen, erklären musste, worin sie ihm ähnelte. Sie war diejenige, die weich und weiß und schmutzig wie benutztes Papier in seinem Hirn aufgefaltet werden wollte, und berührte ihn, während er auf sie blickte, das Herz offen, die Beine leicht gespreizt und das Haar gelöst.

Jetzt war er aber bei D. Wer hatte da Angst vor alten Frankfurter Zeiten, sich im feinen Milieu neu zu bepinkeln, bepinkeln zu lassen? Wie viele Titel mussten ganze Schlammschlachten auf erotischem Beckenniveau verdecken, wie viel Dünkel posieren und ölige Seichtigkeit als Echo auf Gier im Leben herbeiwedeln und herbeireden? Die Zeit, ach ja, die Zeit, wie sie dabei verging. Wie viele Zeitungen hatte er dabei schon auf- und wieder zugeschlagen? Medikamentendosierungen vergeben? Wer schickte ihnen nach jedem Interview, jeder Recherche und jedem Gutachten die Schlampen und Hosenscheißer mit ihrem schauspielerischen Obeneohnetalent und ihrer scheinbaren verschlagenen Kalküldummheit, von elektrischen oder männlichen Informanten gestützt? Die Fallen, die gestellt wurden, damit die Deckung gegeben war, für eine ganze Reihe von Menschengruppen, waren nicht nur von anderen gestellt. Von Alef zu Beth, über Gimel und Mem zu Kof und ßamech, vor und zurück wussten es alle besser. Die Insider. Denn das war das Problem. Wohin passte Nastasja in seiner Tradition? Es stand geschrieben in Wajjikra 18...: „so haltet meine Satzungen und meine Rechte. Welcher Mensch sie tuet, lebet durch sie. Ich bin der Ewige". Es ging, wieder einmal, um die Söhne Israels, wenn auch bei Verbotsübertretung, sei es bei Blutverzehr oder Geschlechtsverkehr, auch die Fremden sollten ausgerottet werden aus der Mitte des Volkes. Das Problem war ja nicht, es auf Antisemitismus und Assimilation zu übertragen, hohe Prozentzahlen in einzelnen Städten konnten das belegen. Das Problem war, dass Nastasja dazugehören hatte wollen und sich danach ausgeschlossen fühlte, weil sie vorher, ohne Erfahrungen mit ihm, mit ihrer Familiengeschichte nicht so ausgeschlossen worden war wie er mit seiner. Sie auszurotten wegen des Verzehrs von nichtkoscherem Fleisch war nicht mehr das Maß der Dinge, aber daran festzuhalten, dass das Gesetz als Vorschrift eine Bedeutung hatte, die sich gegen sie richtete, die zu wenig tat, damit der Ewige durch sie leben konnte, war durchaus gerade heute möglich. Thore wollte dieses Recht nicht hergegeben haben, sondern über es und damit auch über sie bestimmen. Und dabei hatte er sie behandelt wie eine verschmähte Geliebte. Und nun war sie weg und hatte auch sein Besserwissen mitgenommen, zerschnitten. Es war verwirrend, es verwirrte ihn selbst, wie er so in sich irren konnte. Welche Lesart konnte die angemessene sein, welche sich durchsetzen? Welche zu gemeinsamen Leben führen? War das noch oder wieder möglich? Er machte sich Sorgen, große Sorgen, dass sie für ihn unerreichbar geworden sein konnte, für die Religion, die er vertrat, wie er sie vertrat oder nicht mehr vertrat.

Also das weiße Hemd anziehen, dachte Thore Baruch spöttisch. Das ist wie ein Befehl: Brautkleidung für die Bräute des Mittags bestellen, nähen lassen, anziehen, begutachten. Das Glas zertreten mit Spott und Häme und mit dem Finger darauf zeigen, sich trennen mit einer Sprache, die die anderen zu Scharlatanen und Querulanten und bloßen Körpern machte, als Eindringlinge von sich abwies. Wir wurden schließlich auch immer als Eindringlinge behandelt. Nastasja, ich könnte Dich für all das schütteln bis heute. Die Liebe zu Dir schmerzt und ohne geht es nicht. Die Verachtung, die er manchmal empfand, konnte so hasserfüllt groß sein wie seine eigene Ähnlichkeit mit der Verachteten, das schmerzte ihn am meisten. Der Glaube verband sie, aber das Zicklein, die Engel, der fliegende Schornstein, die Buchstaben, sie wirbelten zwischen ihnen herum. Von alters her. Bilder. Bildsprache. Filmsprache und Mythos: Für die wenigsten war es wirklich geeignet im Tiefgang in einer Pfütze zu schürfen. Die Systemiker bespitzelten ohnehin lieber, zeigten sich, wo sie konnten, machten Filme und Fotos und auf sich aufmerksam, durchforschten Homepages nach Angelegenheiten, die sie etwas angingen und drohten und reagierten, obgleich im Grunde auf ihre eigene Wahrheit, oder recherchierten vielmehr ihr Tun und Unterlassen, machten auf sich aufmerksam mit Inszenierungen oder glaubten, man bemerke sie nicht. Dann wieder sollte man sich etwas genau merken, ihrem Schwarzmarkt sollte niemand in die Quere kommen, der nichts von Kartellen verstand. Eine Liebesaffäre war das eigentlich nicht. Es war noch mehr. Mehr als all dieser Quatsch dieser Funktionäre. Zwischen ihm und Nastasja war sehr viel mehr. Zuerst würde sie allerdings wiederkommen müssen und merken, wie sie investieren musste. Und er würde warten auf den richtigen Moment. Und das, das bin jetzt ich, dachte Thore Baruch, das sollte keine Illusion sein.

Er sah den Tag auf sich zukommen und konnte sich nicht entscheiden, ob er sich mit ihm arrangieren wollte. Die Halbwelt sah zu, und die ganze Welt fühlte sich düpiert. Die verrückte Welt maß die Dinge ab zwischen beiden, und die nüchternen Bürgermeister gaben die unverschlüsselte Post weiter. Die Psychiatrie stülpte wieder einmal ihre Lippen auf und sog die Luft aller ein. Er würde den Kongress später ernst nehmen und sich für eine weitere Stunde ins Bett legen, vielleicht auch zwei. Er ging wieder über den Teppich, nur diesmal auf die andere Seite des Bettes, das er mit Nastasja geteilt hatte, legte sich, Gott ja, mit dem frischen Hemd direkt neben die Blätter von ihr, streifte sich die Decke über und rollte sich zusammen zum ersehnten Schlaf.

Illustration/Gemälde: Thore Baruch, Anmutung II, Antlitz

39

Kapitel 2 Nastasja – oder den Geier loswerden?

Ihr könnt mich alle mal, dachte Nastasja, Ihr Nachfolger der verschwiegenen Unterstützung, die mich vormals begleitete, die Ihr sie unschädlich machen wollt oder Euch gegenseitig widersprecht, hier eine Gruppierung und da eine Gruppierung, gegeneinander antretend, mit Euren Gesichtern und Eurer Pfeiferei und Eurem Hinterherfahren und Auflauern, Euren Papierkörben und Eurer eimerweisen Häme, getunkt in geschniegelte intellektuelle Dix- und Grosz- Frisuren und Eurer Art zu zeigen, dass Ihr dabei seid mit wuchtigen Autos, aufmerksamen Hinweisen des Auflauerns, wie bedeutsam Literatur ist, nicht wahr, und grinsenden geilen Fratzen und Eurer Angst und Kontrolle, die mich auf diesen Platz verwiesen haben, Eure Hochwürden, inmitten einer Großstadt, die so klein wirkt, wie wir es sind in Putzkammern und auf Toiletten.

Ihr seid so reich an bleichem Tod, an der Gier so nah wie am Geld, an der Macht einer kleinen Hosennaht, so nah dran an Haut und Haar, dass es piekt. Oder ihr werft mit Steinen. Wie das Gesindel aus Schauspielern, das mir im Museum hinterherschleicht und besonders nah kommt, um mich mit stinkendem, bedrohlich scharfen Geruch

40

einzupesten, früher, zu nahe dran an Recherchen. Mehr nicht? Geheime Dienste auf Körpergröße reduziert und die Schlossherrenmanier kopiert. Und dann diese eleganten Flüstertüten mit ihren Buchhandelsäffchen, die meinen, als Schauspieler in Spionagehaltung auf der Gasse noch etwas mehr Geld und noch mehr Image verdienen zu können, sie leiden dabei so sehr am Imageschaden. Ohje. Ohjemine. Oioi. Auch die Damen schauen vorbei mit den harten Augen, in spiegelglatten Hass getunkt. Welch ein Wahn, eine Hybris, Euer intellektuelles Erbe. Größer ist nur der Tod. Und der erwartet mich seit langem, ich bin daran gewöhnt, ihn genau anzusehen, nach allen Seiten zu betrachten, ja, ihn sogar zu erwarten.

Nicht erst seitdem ich das Gefühl habe, New York nie kennenzulernen, nicht erst seitdem ich hier eingesperrt wurde, in eine Kammer, mein Gedächtnis in Kinderhandschrift an die Wand gekritzelt, wie damals, aber wenn die Tür aufgeht und ich den Flughafen samt Gelände überblicken kann, werde ich auf Euch kotzen: Sie werden kommen und mich jagen und mein Leben mir nehmen, der Kern meiner Seele wird der Wille zur Wahrheit bleiben, wenn ich lüge unter ihnen, so nur, um meinen Schmerz zu lindern und nicht, die Wahrheit brechen zu lassen. Bald werde ich sterben. Aber die Wahrhaftigkeit lässt uns bestehen, so konnte man das nur als Kind, in der frühen Pubertät ohne himmelschreienden Quatsch zu schreiben, allenfalls in ein Tagebuch… undsoweiterundsofort.

Ihr Neidhammel. Ihr wisst gar nicht, was das ist, schlussfolgern. Ihr habt einfach zu viel Karriere und Befehle und Ängste vor Augen, Ihr habt sie gemacht oder Verluste wie Kartelle berechnet und Euch deswegen zu viel in die Hosen geschissen. Werdet selig mit Euren Gewinnen. Der Bemächtigung der Gefahren. Oder mit Eurem Doppelleben und Eurer ideologischen Heuchelei. Erfolg ist schließlich die Quintessenz auch auf dem Klo: möglichst alles muss raus. Und wenn andere reiche arabische Länder in diese Europaliga hinein 600 Millionen Euro an einen Fußballspieler in zwei Jahren zahlen können, dann kann ich mich hier beruhigt zurücklehnen. Immerhin habe ich noch zwei Flaschen Wasser, und ein Erdbeben ist es nicht. Die Moderatoren lieben ihre Stars von jeher mehr als ihre Kritiker.

Nastasja hatte mit ihrer Nagelfeile eine fingernagelgroße Kante der Holztür vertieft und zog, flach auf dem Bauch liegend, die dünne Luft ein. Es würde noch eine Weile dauern, bis die Stille um sie herum ins Dunkle kippte. Sie war das von klein auf gewöhnt. Entweder Wurm oder Kichererbse.

Die in Schweiß gebadeten Fantasien lösten sich auf, als die Tür von außen aufgerissen wurde. Im Wachwerden erblickte Nastasja benommen Lichter. Sie fühlt den Druck der Tür im Rücken, es ist, als ob sie den Boden in ihren verkrampften Händen festhält, besonders an den gekrümmten Fingern der rechten Hand schmerzt es. Die Reflexe und Sonnenflecken an der Wand und der Decke erleichtern ihren Sinn. Die kleine Abstellkammer mit

Regalen voller Putzmittel, ihre Handtasche und ein Gepäckstück, ihr Kulturbeutel. Etwas schief, steht da noch ein mittelgroßer, schwarzer Koffer. Das ist alles, was sie sieht. Eine dunkle Silhouette beugt sich über sie, sie sieht auf ein Handy, hört das Rauschen, dessen Behilflichkeit sich zu bewegen sie ablehnt.

Illustration Nastasja, Anmutung II

Die Person ist ihr nah und weiß gekleidet, und bevor Nastasja sich fragen könnte, ob die Stimme zu einer Frau gehörte, spürt sie das Flimmern und die Punkte vor den Augen, das Kippen des Körpers, eine flatternde Bewegung, die auf sie zufliegt, bis der Boden sie hart anschlägt, ein in die Tiefe gehender grüner und grauer Schleier, milchig sich verdichtet, die verdrehten Körperteile kommen ihr wie die verdrehte Welt vor. Der Schaum im Mund wird ein Wattebausch, durch den sie noch bläst, aber nicht mehr einatmen konnte. Trotz der Drucks der sich beugenden Person auf ihrem Arm schnappt das Nichts wie ein Schloss ihr Bewusstsein zu.

Sie ist wach, sagte eine beruhigende und samtene, durch und durch behutsame Stimme. Seit wann haben sie diese Anfälle, fragte sie. Im Dunkeln lächelte sie, nie. Nie habe ich so etwas gehabt. Es war das erste Mal. Wie bin ich in diesen Raum gekommen, in diesen Zustand, und in den anderen, immer wieder das Rauschen am Ohr, und dann, nach einer Weile, sehr fern und leise, mit Schwingungen, ein Widerhall, in die sich noch die Ausläufer ihrer Stimme mischten: Hören Sie mich? Sie haben noch Augenklappen zum Schutz auf, die wir morgen gegen eine getönte Brille austauschen. Sie befinden sich im nächst gelegenen Klinikzentrum des Flughafens. ein epileptischer Anfall war das vermutlich. Hatten Sie sich sehr aufgeregt? Das Rauschen war wieder da und dann, ein gleitendes, seitwärts nach unten ziehendes Nichts.

Illustration/Zeichnung : Innerer Kampf; Das Tier (JFK)

Ich hatte noch nie ein Gespräch mit einem Psychiater, sagte sie laut, fast zeitgleich fiel ihr Thore ein. Also, fügte sie hinzu, nicht als jemand, der einen konsultieren muss. Ich habe auch noch nie Krokodile am Fußende des Bettes gesehen, wenn Sie das meinen. Es ist mehr als Routine, aber keine Intervention, hörte sie ihn sagen und erhielt damit eine Antwort, die sie ungefähr fand. Dann wurde er etwas genauer. Wir untersuchen noch, ob Ihre Penicillin- Allergie etwas damit zu tun haben könnte, das Antibiotikum war eigentlich für einen bakteriellen Infekt gedacht, nicht wahr? Haben Sie Ihre Allergie nicht kommuniziert bei der Verschreibung, oder wurde es versehentlich vergessen? Nastasja schüttelte ein bisschen ihren Kopf, sie erinnerte sich nur vage. Die Stimme klang nun dunkel, wie geschliffenes Schmirgelpapier. Sie hatte die Funktion gewechselt, die Stimme. Seinen Körper hatte er wohl auch verändert im Sitzen, sich etwas vorgebeugt, und alles war anders. Sie war jetzt plötzlich wach. Und es stürzte ein Gefühl von Wut durch ihren Bauch, die Brust, den Hals hoch, eine Ahnung ließ sie mehrmals schlucken. Es würde ein bitteres Gespräch werden, danach war nicht davor. Oder gab es ein Ausweichen? Musste das überhaupt sein? Sie sah an dem Mann vorbei, der vor ihr saß, einen Meter entfernt, und erst, als er sich wieder bewegte, nahm sie ihn wirklich wahr, kam sie wach zu sich. Er hatte einen Bart, der als leichte Kotelettenwelle an seinem Kinn entlangfuhr, kurzes Haar, und ein geknöpftes Hemd, dessen bunte Knöpfe vom

Halskragen, der Brustverstärkung und den Ärmelaufschlägen abstachen, die sie an eine Tallitnachahmung erinnerte, obwohl er kein Zizijot und kein Diadem trug. Die dunklen Augen blickten sie aufmerksam an, und das Gesicht war schmal und kantig und doch quadratisch mit einer in sich ruhenden Fassung. Sind Sie Jude oder jüdisch verwurzelt, fragte sie spontan, und er nickte etwas überrascht. Das war wohl ein komischer Zufall für sie beide...Nastasja nickte fast mechanisch zurück. Mein Gesprächsangebot ist nur als Hilfe gedacht und, um sie quasi diagnostisch einzuordnen, bevor sie entlassen werden, fügte er hinzu. Oder es kommt etwas anderes heraus oder ich verweigere mich, was dann, fragte sie trocken. Dann nehme ich Sie ernst, sagte er mit einer so weichen Stimme, dass sie eine Sekunde lang Lust hatte in sie hineinzufallen.

Ich möchte Ihnen helfen, sich zu überlegen und zu wissen, was sie tun werden. Wohin Ihre Reise führt oder, wenn sie abgebrochen werden sollte, wenn Sie sich das wünschten, warum...er schwieg. Nastasja wappnete sich. Hatte sie je eine Reise im Sinn gehabt? Hatte sie nicht vielmehr einen Abschied gewollt, einen Weg sich bahnen aus ihrem bisherigen Leben? Sie fühlte sich schal, wie sie sich vorkam als Figur, die automatisch ihre Runden lief und vor der Tiefe des Selbstempfindens zurückwich. Sie lief mit sich im Kopf herum, kreisend, die Haut ihrer Brüste achtlos streifend, nahm das steife, glatte Bettlaken wahr und hielt den kühlen Stoff für einen Moment zwischen den Fingerspitzen. Sie hätte sich gern einen Schlaf herbeigesehnt, dieser Mann auf seinem Stuhl war ein etwas aufdringlicher Erkunder der Psychosomatik. Sie bot sich ihm dar als Gegenstand der Leere. Merkte er das nicht? Er beugte sich jetzt vor, der braune Holzstuhl, auf dem er saß, knarrte, sie hätte gerne wenigstens ihre Augen geschlossen, um eine Schirmwand zu bilden.

Sie hörte sich sagen, stattdessen…,etwas ganz anderes. Als ich meinen Mann kennenlernte, hörte sie sich sagen und sah diesem fremden Herrn dabei voll und genau ins Gesicht, betrachtete dabei seine Fältchen um die Augen und die Nase und am Übergang zwischen Arm und Hand die Hautkerben am Gelenk, die feine Linien bildeten. Sie hörte ihrer Stimme zu, die dachte einen untypischen, ja, mit Isaac Deutscher gesprochen, dem Anschein nach nichtjüdischen Juden kennengelernt zu haben, der etwas am Judentum zum Platzen bringen wollte, Ausströmen und Ausufern lassen aus dem Starrsinn, der jeder Religion unreflektiert anhaften kann, aus unzeitgemäßen, traditionellen Beschränkungen, archaischem Chauvinismus und Engstirnigkeit des Ritualzwanghaften oder Geschlechter trennenden Tempelherrentums abmildern oder hinter sich lassend, und doch religiös im Glauben in freiwilligen Praktiken verankert, religiös durch Impulse und Herkunft, in der Moderne gebunden und in deren jüdischem Bewusstsein allenfalls hoffend, aber nicht nur passiv lebend, kämpfend, ohne von der Assimilation aufgesogen worden zu sein. Die Ideale, Zwecke, Sinnsuche, Ziele und Motivationen über monumentale Zwangshandlungen hinwegtragend, ohne die Wurzeln zu verleugnen, sagte sie laut. Und dabei Meister zu sein des neuzeitlichen Denkens, des Intellekts, des reflexiven Gesprächs und des

51

praktischen Tuns und dann noch wissenschaftlich fundiert zu arbeiten. Das habe ich an ihm verehrt, hörte sie sich immer noch sagen, hörte sie sich verwundert zu; wie zur Bestätigung nickte ihr Gegenüber. Ich verstehe Sie, sagte er, ein säkulares Leben, verschmolzen mit dem Impetus des 20. Jahrhunderts und seiner Geschichte, dem Bewusstsein der eigenen Zukunft im 21. Jahrhundert und dem aufklärerischen Ideal, kompromisslos demokratisch zu sein. So etwa? Sie nickte. Und dann kam dazwischen der Schmerz? Zynismus?, die Lüge über eigene Doppelbödigkeiten hinweg?, die Abgeklärtheit?, die erinnernde, abgespeicherte Erfahrung von Generationen?, die unauslöschliche Wucht der Ermordeten, der Erschossenen und Verbrannten und Vergasten, der geschändeten Leichen durch fanatische ideologische Mörder? - und ihre stolz geifernden Weiber, und den Ekel davor verband er mit ihnen, richtig? Oder war es der Ekel vor der eigenen Existenz als Nachkomme der Opfer? Oder der Stolz, der barst unter der Kante des Herzenswehs? War sie das, die da redete? Oder schwieg er und gab ihr laut zu denken? Woher konnte er etwas wissen über sie? Und woher wollte er wissen, dass das ein Thema war, welches zurück in eine öffentliche Besenkammer, im jämmerlichen Zustand am Boden liegend, führen konnte? Die zerkauten Fingernägel mit Schaum vorm Mund und das Zucken der Glieder als Resultat einer Erschöpfung?

Stellen Sie sich vor, sagte ihre Stimme, Sie sind andauernd für eine Tat schuldig, die sie nicht begangen haben, kommen aus dem Gefängnis und jemand nimmt sie wieder auf als Partner, hält ihnen aber ständig vor, was sie für ein Mensch sind, was sie zu büßen haben, wie gut sie auch das Angesicht anderer betrachten und behandeln mögen. Es erreicht nicht sie selbst, das Ungleichgewicht und das Schlechte auf ihrer Seite bleibt immer – egal, wer sie sie sind , was sie gemacht haben, wie unterschiedlich ihre Familienmitglieder sozial, politisch, religiös und persönlich gewesen waren, alles kommt in einen Topf und wird umgerührt, in Sekundenschnelle zeitlich zusammengekocht und gesurrt, und ist als Suppe zu löffeln, ob man sie mit Zutaten kennt oder nicht, die Tageszeit oder Situation passt oder nicht, wir haben gestern, sie sind mitverantwortlich, es ist fast jeden Morgen wieder präsent, das Morden, meine ich, verstehen Sie mich?

Gestern, vorgestern, vorvorgestern, vor vielen Jahrzehnten, vor ganzen Epochen, Erbsünde bis ins letzte und siebte Glied. Richten und Strafen und Rächen, Bestehen vor allem aus Verachtung und Absonderung, nicht wahr? Die deutsche Henkersprache der Dichter und Denker, immer wieder und immer noch und dazwischen auch einige verirrte deutsche Juden mit Sprachliebe zum Land oder Schicksen, allesamt unakzeptabel. Und obgleich ich das nachvollziehen kann oder etwas von dem, was aus dieser inneren Haltung spricht, nicht den ganz falschen Stolz und nicht die Eitelkeit und nicht den Dünkel und das Benutzen von Schuld und das Festhalten der Ermordeten gegen die Nähe, aber doch etwas von dem nicht vergehenden Schmerz, gibt es bis heute Sperrklauseln auch in dieser Religion, nicht wahr, ganze Bataillone für Strafsanktionen durch Gott, das Verunreinigte zu sanktionieren. Dazu gehöre auch ich. Und die aufgezählten

Gräuel kommen wirklich oft vor, zum Beispiel im dritten Buch, wir diskutierten das, rauf und runter, kreuz und quer und andauernd sich wiederholend, nicht wahr? Die Kombination aus beiden Haltungen, der geschichtlichen und der biblischen, ist eine Katastrophe für jede Beziehung und die Erhaltung einer transpirierenden Seele, sagte ich meinem Mann, jedenfalls wenn man die schuldig Heimgesuchte ist, das Land verunreinigt hat und ausgespien gehört. Aber ich nehme nicht an, dass ich verständlich war oder bin, glauben Sie das ja nicht. Ich bin schon ganz heiser vor Wut, das merke ich selber. Sie möchten auch einmal etwas sagen? Gut, ich halte meinen Mund. Nastasja schwieg und bohrte ihre Augen in dieses freundlich wirkende, aber undurchdringliche, defensive Gesicht mit schweren Augenlidern, die sich langsam hoben. Geschlafen hatte er sicher nicht, aber sich gewappnet gegen sie, das war möglich.

Nicht deshalb sprach sie weiter und weiter, und es interessiert niemanden mehr, ob meine Urgroßeltern mit dem Schiff unterwegs nach Skandinavien erschossen wurden kurz vor Dänemark, oder verhungert sind und durch Ruhr geschwächt; starben, wie ein lapidarer amtlicher Satz es andeutet, ob sie in einer Grube verscharrt wurden oder auf offener See ins Meereswasser gekippt. Ihre Mutter war noch durch preußisches Adelswappen gekennzeichnet gewesen, davon war nur Verwesung übrig und später Anstand. Nun, und die Grausamkeit in vielen Stellen der Tora – oder, wenn Sie wollen – auch dem Alten Testament – die Abspaltungstendenz, fanatische Sätze, absolute Anweisung und die strikte Zurückweisung von

Einfühlsamkeit gegenüber Menschen in der dritten, vierten, fünften Generation nach dem Massenmorden, die Bindung an verstorbene Verwandte, die anders litten oder starben im stillen, zähen Widerstand, innerer ambivalenter Emigration, sind nicht statthaft in den unaufhörlichen Abfragetests im Richterton. Schließlich, die Nazis und die Deutschen. Kommen aber oft zusammen vor, verstehen Sie? Ständig bohrend, was hat der und der gemacht und wie hat sich der und dieser und jener bei der und der Gelegenheit verhalten? Wie oft endet das Verhör mit Versagen, wird das heutige Unwissen zur Schuld? Und wissen Sie was? Die Sexualität ist nicht nur geschichtlich, auch heute eine Angelegenheit, bei der die Frau unterliegt, denn sie hat kaum Facetten eigener Ausdrucksmöglichkeit außer als Show oder zur Animation und abgerichtet auf Reize für Begierde und narzisstische Darbietung wieder für die Präsentation, die sie zur Frau macht- es gibt neue Varianten: wie soll die angeheiratete Frau eines Juden nach Geschichtsverhören frei und unverkrampft sein? Dieser Akt hat wieder nur Abweisendes, Einordnendes und Beweisendes an sich – der Akt des Mannes ist das Mindeste, das folgt, das zu nehmen sich wie selbstverständlich anbietet, nicht wahr?

Ich bin zwar so intelligent, es zu zitieren, aber ich gehöre nicht dazu, und zwar nicht nur, wenn ich die Quelle meines Blutes entblöße und beschlafen werde in einer Krankheit, so, laut Text sollen beide ausgerottet werden aus der Mitte ihres Volkes und so endet, 20,20 Wajjikra damit, "dass ihr mir heilig seid, denn heilig bin ich, der Ewige, und habe euch ausgewählt unter den Völkern, mir zu gehören", womit ja nicht ich gemeint bin, murmelte Nastasja so deutlich sie konnte. Beschwörer und Zauberkundige als Konkurrenten, nicht wahr, getötet sollen sie werden. Man soll sie steinigen, ihr Blut über sie! Aber damit ist jetzt Schluss, wenn wir es ernst nehmen, Thore und ich, Sie und ich hier, dann ist es für uns Frauen doch dasselbe – zur Wahl stehen wir nicht, den Akt haben wir nicht in der Hand und genauestens angepasst zu leben haben wir auch: „Eine Hure und Geschändete sollen die Männer nicht nehmen und eine Frau, die von ihrem Mann verstoßen, sollen sie nicht nehmen, denn heilig ist er seinem Gotte, so steht es in Wajjikra 21,6 und über 21,12 geht es weiter: Eine Witwe und Verstoßene und Geschändete, eine Hure – diese soll er nicht nehmen, sondern eine Jungfrau aus seinem Volke soll er nehmen zur Frau, auf dass er seinen Samen nicht entwerte unter seinem Volk, und damit bin schon wieder ich, beziehungsweise eben nicht ich, gemeint, nicht wahr, fragte Nastasja laut, denn es ist der Ewige, der ihn heiligt. Alles andere ist Gebrechen und gehört nicht zur Weihung des Altars, ich kann froh sein, wenn ich mir selbst Feuer anzünden kann für eine ungesunde Zigarette, frevelhafte Frau, ich!

Nastasja war während des Redens zum Schluss gekommen, dass der Rabbiner oder Psychiater oder Arzt oder Rabbinerpsychiaterarzt sie für verrückt halten musste, aber er lächelte. „Sie sind eine sehr anziehende und betörende und fesselnde Frau für Ihren Mann, nicht wahr?, fragte er, und sein Blick wirkte harmlos dabei, die Augen auf die Wand schräg an Nastasja vorbei auf eine Uhr gerichtet. Zählen sie schon die Minuten?, fragte Nastasja

56

verbissen und spitz zurück. Wann in etwa Sie aufhören können mit mir zu sprechen? Oder wollen Sie sagen, ich komme Ihnen jämmerlich hier im Bett liegend; dennoch sinnlich vor?

Sie bemühen sich oft, aber Sie reichen nie an das angetane Unglück heran, nicht wahr?, fragte der Psychiater. Sie haben es nicht ausgelöst und sitzen jetzt auf der Schuld Ihrer Nation oder der Vorfahren ihres Volkes oder auch ihrer eigenen Herkunft oder familiären Geschichte, selbst wenn darunter Personen und Linien entlastender oder selbst zu Opfern gehörende Menschen sind. Und Sie haben nichts gegen die Konfrontation, sondern gegen das vergebliche Aufrufen einer Erinnerung als aktualisierte Last, die Sie nicht mehr unmittelbar betrifft, die zu einer entsetzlichen und unumkehrbaren geschichtlichen Epoche geronnen ist, lange, bevor sie zur Welt kamen, und die sie selbst als schrecklich empfinden, aber in einem anderen, monströsen Zeitalter mit einem System, mit Sprachgebrauch und Verhalten von Menschen, die ihnen fremd vorkommen, wie andere düstere, blutrünstige oder kriegerische Epochen auch?

Ja, sagte Nastasja schlicht. Und wenn sie sich beide körperlich lieben, was passiert dann? Wie ist die Veränderung zwischen ihnen zu spüren? Oder kam es in letzter Zeit nicht mehr dazu? Nastasja zuckte zurück. In letzter Zeit...der Arzt hatte Nerven. Was machten sie mit den Leichen und Mördern, deren Verbindung zu ihrem Leben? Hatten sie beide auch religiöse Empfindungen dazu? Ausweichen wollte sie nicht, schubste trotzig die

Bettdecke auf. Sehen Sie, begann sie, und stockte, ich fühle mich weich an, wenn ich berührt werde oder mich selbst berühre. Ich sehe gerne zu, wie sich seine Hände auf meine Haut legen, und ich öffne mein unbeschnittenes Herz. Auch meine Beine bewegen sich langsam mit angezogenen Knien. Ich mag es, wenn seine Zunge gekonnt in meine vordere Schwulst stößt, unterhalb des Knubbels, der Lust macht und das süße Ziehen hervorruft. Ist seine Zunge zu rau oder druckvoll oder fahrig, stößt sie mich ab, es ist eine kleine Kunst für sich. Das Gleiten beim Beinehochstrecken, ist sanft, wenn er auf mir liegt, bin ich schneckenreich und sein Glied fasst mich, ungefähr so, wie ein Finger sich in einen Pudding schiebt, eine Banane, die nicht abbricht und mit einer inneren Sprungfeder, ich meine Muskeln, versehen ist, beweglich die Klitoris umwirbt, mich zum Tunnel macht, der bis in den Leib führt voller süßer ziehender Bewegungen und Reaktionen, sodass ich mit offenen und geschlossenen Augen die Beine öffne und mich auf den Knien vor- und zurückschiebe, die Feder des Mannes zittert und drängt nach mir, während sich mein Po wiegt in der Luft, eine runde Spalte.

Dieser Zustand der glühenden Erwartung und der süßen Schwere und der konzentrischen Lust, die von einer Muskelbewegung in mir bis zur Bauchhöhle reicht oder Gebärmutter oder bis zum Hals und sich so stark ausbreiten kann, dass ich mich kaum noch auf etwas anderes konzentrieren kann, mühsam atme, Thore sieht das. Und es macht seine Augen glühend, ich leuchte von innen, sagt er und er beginnt selbst zu glühen und sich an mir zu entzünden – es reicht ein Blick, ein Aufeinandertreffen unserer Augen, eine leichte Bewegung zwischen uns ein profaner Moment des Alltags, es sind interne Ausnahmezustände und wir fallen in eine weiche wässrige Schlucht, kleben aneinander, das ist seit Jahren ein Zauber, mit dem sich vieles auflöst, was sonst zur Zerrüttung führt. Dennoch – seine Angst nicht verstanden zu werden, zwanghaft zu erinnern, ist stark oder die schwere Trauer holt uns gemeinsam ein und ich kann sie nicht bewehren und begütigen. Die Situationen, in denen Menschen ermordet wurden, darunter eigene Verwandte, surren in Sekundenschnelle zusammen und rutschen in die Gegenwart eines beklemmenden, lähmenden Schweigens. Oder eine Starre nimmt zu wie ein Kälteanflug, öffnet eine Kältefront, es knirscht plötzlich zwischen uns, und eine Wand aus Abweisung entwurzelt das Vertraute und bewirkt Kälte. Der Versuch, sprachlich einfühlsam zu sein, ist mir hin und wieder geglückt, sozusagen den Schmerz in den Arm zu nehmen oder an der Schulter zu packen, Verständnis für Groll zu zeigen und die aufwallende Ablehnung des Volkes, aus dem ich teils entstamme, zu akzeptieren, einzufangen das Aufbäumen, den Schweiß ausbrechenden Augenschein bei Dokumenteneinsicht, das Angstschreien abzumildern durch Trost. Und die Wut und Rache auszuhalten. Warum seid ihr, warum habt ihr nicht, wie konntet ihr nur...aber man wird dann selbst kalt, müde, grau und klein vor Leid, ohne dabei gewesen zu sein. Und man wird verwechselt. Und sich dauernd in eine andere Geschichtsepoche hineinzuversetzen, immer dabei im Gepäck sozusagen, tötet jede Unmittelbarkeit, verstehen Sie? Und umso mehr Tote nicht mehr sprechen können, desto lauter schreit Thore oder schweigt, eine Hasswand an Vorbehalten zeichnet sich in seinem Gesicht ab, den Schultern, bis ich verletzt mit der Schuld des Völkermords mein Verhängnis verbinde, ihm nahe zu sein. Das traumatisiert uns beide, und über eine therapeutische Funktion zum Ausknipsen verfüge ich nicht.

Der Arzt nickte mehrmals wie zum Einverständnis und Nastasja sah, dass er nachdenklich mit ihr litt. Und der arrogante Stolz geht dann über in Willkür, schonungslos mit Ihnen umzugehen, warf er ein, als wären nicht Jahrzehnte zwischen diesem Krieg und ihrer Geburt vergangen. Nastasja nickte. Eingebildet zu sein auf etwas, was man ist und andere zu verachten und zurückzuweisen, kann bei anderen schnell selbst Abweisung auslösen, niemand sollte sich dauernd zum Besonderen und die anderen zu Gewöhnlichen machen und zu den Lastenträgern von unermesslichem Leid und nicht endender Schuld, für die Sie nicht verantwortlich sind, die mit ihnen unmittelbar nichts zu tun hat und mit der sie in direkter Linie auch nicht verbunden sind, denn es ist ein sehr abstraktes Geschehen geworden, selbst wenn die Gegenwart davon berührt ist staatlich und gesellschaftlich, jemand auf einen Ahn, Urahn und so weiter, zurückblickt. Erinnerung oder geschichtliche Einfühlung, Prägung, Verantwortung für die Zukunft, natürlich. Aber nie endende Schuld ist sozial und psychologisch Quatsch, schafft auch kein zeitliches Gleichgewicht.

Nastasja war überrascht und ließ ihre Bettdecke los, solch eine Erleichterung löste die Herzschwere durch das

Gesagte auf. Es ist, als hätte mein unbeschnittenes Herz einen Makel, als wandelte ich nicht in Satzungen und Geboten und als könne er den Bund mit mir nicht aufrechterhalten.. „Auch setze ich meine Wohnung unter euch und ich will euch nicht verschmähen, 3. Buch,26,5, das gilt dann nur für ihn und sein Gott bestellt über mich den Schrecken...“verlöschend die Augen und betäubend die Seele“ zitierte Nastasja und wissen Sie – die eigene Angst, das Trauma, das Warum Gott, wir mit dem Unglück: Und Ihr werdet unvollkommen unter den Völkern sein, verzehren wird euch das Land eurer Feinde“, das gilt dann mir. Eine „ewige Satzung“ für eure Geschlechter in allen euren Wohnungen, 23,5, Wajjikra“, das war dagegen Glück. Und sie zerrte doch wieder an der Bettdecke und führte sie zum Mund, um sich darin zu verbeißen und zu verbergen, jedenfalls war sie imstande dazu, es gleich zu tun, aber der Arzt beugte sich vor und legte seine Hände auf ihre Arme, um sie zu beruhigen. Nastasja spürte selbst, wie der Druck in den Augen zunahm und blinzelte die Feuchtigkeit weg: „Ich kann so keine Frau mit Gefühlen der Aufrichtigkeit mehr sein! Es bleibt keine Sehnsucht übrig, der verlassene Raum umgibt ihn, ich kehre nicht mehr zurück, nicht mit geöffneten Beinen, nicht mit verschmitztem Gesicht, nicht mit drängender Hast. Und die Zwillinge sind auch alles andere als einfach“, sagte sie und weinte. „Und wenn man geht, dann werden sie traurig; und Thore ist nur noch ein halber Mensch, ein gerupfter Vogel, der sich selbst Federn ausreißt. Und zu stolz, das zuzugeben.“

Aber ein Geschäft zu eröffnen in einer fremden Großstadt auf einem entfernt liegenden Kontinent, hilft ihnen das weiter?, fragte der Arzt. „Wissen Sie, mich erinnert das Ganze an eine kleine Geschichte von Franz Kafka, als er von einem Mann erzählt, der von einem Geier angefallen wird, der ihm Hände und Füße zerhackt, und der Mann bittet, bar von Entsetzen, einen anderen vorbei kommenden Herrn, Hilfe, sprich ein Gewehr, zu holen, konkret etwas für sich und seinen Zustand zu tun. Die Konsequenz ist, dass er an seiner Untätigkeit stirbt und die äußere Lösung sich als zu später Trug erweist, abgesehen davon, dass Sie zu hübsch, temperamentvoll und von großer Tiefe sind, als dass Sie sich zum täglichen Zerhacken anbieten sollten. Und trotzdem zeigt ihr Körper etwas Abruptes, ihr Körper sondert enorme Stresshormone aus. Ihre dem beschnittenen Herzen zugewendete Seele liegt unverdorben in ihrem Schoß. „Ich kann es bis zu mir fühlen", er ließ ihre Hände los und zeigte auf seine Brust, seinen Kopf, ja, sogar auf sein Geschlecht in einer Andeutung, Ihre Liebe ist nicht verglüht, auch wenn Sie sich zurecht verschmäht fühlen. Ihr Geschäftssinn kann sich aber auch bei Ihnen zu Hause, nicht nur bei uns entfalten. Vielleicht auf andere Art, mit anderen Herausforderungen, er machte eine ungefähre, aber heftige Handbewegung, die Nastasja als oberflächliche Ungenauigkeit registrierte und verschränkte seine Arme anschließend, den Daumen der rechten Hand über den linken Unterarm reibend. Nastasja wollte sagen, dass es ungerecht sei, ihr das Weglaufen, Schlussmachen, das Handeln aus den Zwängen trauriger Gefühlsmassen heraus zu verleiden. Sie wischte sich Tränen von der Wange. Aber sie fühlte auch ein inneres Einverständnis mit dem, was er sagte. Sie platzte mit der

Frage heraus: Und wie machen Sie Ihren Lieben das Leben schwer? Eine stille Pause trat in den Raum. „Ich habe auf eine Liebe meines Lebens verzichtet", sagte der Arzt, „ich hatte Angst davor, den Sprung nicht zu schaffen, obwohl es auf unserem Kontinent viel leichter ist als bei Ihnen im Kernland deutscher Täter und Mitläufer und der Erinnerung an das Naziregime. Ich habe Jahre gebraucht, um meine Feigheit nicht mit Leere zu bezahlen und dann später eine bedingt liberale, eigentlich konservative Jüdin gefunden, die auch Wert auf Rituale legt. Sind sie jetzt enttäuscht?", fragte er sie. Etwas, gab Nastasja zu. Aber ich soll weitermachen, ja? Das entscheiden Sie, sagte der Arzt, und es klang fast zärtlich, jedenfalls wieder samtweich, dann stand er auf. Wenn ich noch anfügen darf, was Sie schon wissen. Sie werden erwartet, da bin ich mir ganz sicher. Und Sie müssen mit ihrem Geier kämpfen, sich befreien vom Anflug in eigener Sache. Sie können ihrem Mann auch vor Ort sagen, dass er sie verliert, wenn er so weitermacht.

- In anderen Dingen des Lebens ist er nicht so, er weiß auch sehr gut, wie viele Menschen, ob Christen oder Juden oder Muslime oder sonst wer, Angst haben vor ihrem Doppelleben. Wissen Sie, wie es ist, wenn Bordellbesitzer aus dem Rhein-Main-Gebiet auspacken und sich über die Sexualpraktiken ihrer Kunden lustig machen oder als Petzen auftreten, nachdem sie bezahlt wurden? Und wer von den Helden, welcher Religion auch immer, bleibt dann harmlos unkriegerisch? Natürlich weiß Thore so gut in seinem Job wie ich in meinem, wie die einzelnen Stufen der Karriereleitern aussehen oder die Zwischen- und

Hohlräume. Oder welche Altnazis in Adel und Unternehmertum möglichst schweigen über Verbrechen bis in die dritte und vierte Generation - und sei es unter Rückzahlung wegen Raub, Mordlust, Staatsgewinnen. Die Toten kommen schließlich nicht wieder. Oder dass Geheimdienstagenten Journalisten in Museen begleiten oder intrigante Machthaber der Stadt verlumpte, arme Leute schicken, die ihnen mit stechenden Augen, stechendem Messer oder stechendem Mundgestank die Luft und Lust zum Schreiben nehmen wollen? Lähmen, Furcht einflößen. Bis in welche ministerialen Ränge das geht, samt Abhörtechniken, Kameraeinstellungen und sonstigen Kanälen, Thore kam öfter mit solchen Themen und ich mit meinen, und es gab ein Patt, aber wenig Glück darin. Die Geschichte von Geheimdienstpraktiken schreibt sich fort.

Es gab diese Leute in meiner Familie, Ahnen, die, wenn auch nur angeheiratet, niedrige oder höhere Nazifunktionäre waren ohne Reue bis 1945; und es gab die anderen, leibliche Mitläufer, aber auch jene, die sich verweigerten , halfen, in jüdisch-christlicher Mischung emigrieren mussten, oder zu Tode kamen beim Versuch nach Skandinavien zu gelangen, fast immer ist der Kontakt zwischen ihnen armselig gewesen und abgebrochen. Verstehen Sie, was ich damit sagen will?, fragt Nastasja den Arzt. Er schüttelte ratlos den Kopf. Selbst wenn es Thore Baruch Schiff als meinen Mann interessierte, mit einem Gemisch aus Opfer-, Mitläufer- und Tätergeschichten in Arten von cremeweiß bis seegrau oder nachtblau oder tiefbraun konfrontiert zu werden, dann konnte spätestens

64

im Kreis seiner Freunde oder Familie ungemütliches Schweigen ausbrechen, Nachfragen, Abwendung und am Ende stand dieses höhnische Wir sind wir und Du bist du. Das ist bei allem Trennenden, dass eine Familie zerriss in ein Lager und noch eins und ein drittes, schwer auszuhalten. Jetzt versteh ich Sie, sagte der Arzt, aber es gibt auch andere Menschen, wir sind wieder beim Geier. Sie müssen ihn loswerden. Und nun..."Es hat mich gefreut", sagte er. Nastasja lag lange im Bett, packte langsam ihre Sachen und flog drei Tage später mit einer Maschine zurück.

Aber sie war nicht gleich dazu in der Lage direkt nach Hause zu fahren. Sie mietete sich nach Ankunft im Frankfurter Flughafen in ein Hotel in der Landeshauptstadt Hessens ein, welches sie für einige Wochen bewohnte. Sie besuchte währenddessen 13 Museen und 16 Tier- oder Kinderparks oder botanischer Gartenanlagen, und sie erstellte erste Kalkulationen und Geschäftspläne für ihr Vorhaben. Abends liebte sie den Gang durch das Foyer mit Hintergrundmusik, mit Blick auf die Bar mit dunklen Holzmöbeln vor weinrotem Anstrich der Wände ringsum und die Fahrt mit dem Fahrstuhl, die Ankunft im großzügigen Zimmer, noch den Türschlüssel in der Hand, mit einem zeitlosen, erdfarbenen Teppich und bunten Aufhellungen durch Bilder, Lampenschirm und Kleinmöbel – ein stets gemachtes weißes Bett und frische Handtücher im Bad samt Duftflakons und Körperlotion. Manchmal sah sie Nachrichten, wenn ihr zu einsam zumute war, manchmal machte sie das noch bitterer, manchmal erheiterte sie etwas und tröstete sie bis zum Schmunzeln, meist las sie aus einem offenen Bücherkoffer Texte zwischen Klappendeckeln. Einmal kam sie zu einer Buchseite, auf die ihr Körper heftig reagierte. Sie spürte ein Ziehen zwischen den Schenkeln, ihrem weiblichsten Muskel, und versuchte angestrengt nachzudenken.

Sie kam darauf, dass das Töten für Frauen immer noch denkbar, aber in der Regel kaum außerhalb von Notwehr praktikabel war. Die Praktiken des Tötens müssen einiges Lustgefühl ersetzen, sie sind für Frauen wenig geeignet, außer in der Verteidigung, weil das Ziehen tief im Gang und die Sehnsucht des Muskels zwischen den Beinen ein süßes Gefühl der Erwartung hervorruft, die man quälend oder süchtig oder saftig oder eindringlich oder aufwühlend oder hungernd nach Füllung nennen kann; aber eine Frau, die sich sehnt, spürt die Leere des Warteraums ihrer Eingeweide in sich, es ist nicht zum Totlachen, zum Zähneknirschen und keine Seelenleere, es ist eine Halle der Erwartung, die sich wie eine Masse in den Raum vorschieben soll, um ihn einzunehmen, den geschlossenen wie den offenen Raum, und zugleich werden neue eröffnet, die sich durch die Intensität des Angezogenseins bis zur Öffnung aller Poren und im Anblick des Nacktseins, nicht des Kampfes, ergeben. Es ist ein hineingeschobenes Fühlen und Bewegen zu zweit, selbst in den Gedanken wie jetzt, die vom Finger begleitet werden, oder von dem Erwachen, dem Eintauchen und unablässigen weichen Gewebe inneren, wartenden Frauseins, dachte Nastasja, bevor sie einschlief. Dann wieder erwachte, weiterlas, erfüllte Körpersprache genoss und das Klopfen, den leisen, aber anschwellenden, hohen Ton während des ziehenden

Gänsehautkribbelns nicht abwehren konnte, es begleitete sie tags und nachts.

Dann war der Bücherkoffer aufgebraucht durch Augen und Gedanken und Empfindungen. Als sie beim 4. Buch der Tora auf eine entscheidende Stelle traf, die sie schon oft an Thore hatte denken lassen, begann sie an den Auszug aus dem Hotel zu denken. Es bereitete sich etwas in ihr skeptisch, vorsichtig, ja ängstlich angespannt, aber unablässig auf den Einzug ins Wohnhaus vor.

Illustration/Gemälde: Nastasja Rosocha, Anmutung III, Antlitz

Kapitel 3 Elisa und Pinea mit Tante Ava, Liebesauffassungen

Die Leere fühlt sich an wie Blei, wenn man die Zähne nicht auseinander bekommt, weil sie wie zu einem Guss geschmolzen sind, dachte Pinea. Elisa fragte dazwischen, was Langeweile sei, sie saß auf dem Holzboden, stemmte ihre Füße auf dem Fischgrätenparkett gegen einen Sockel, sah sich die Schreibtischplatte von unten an und schraubte dabei - halb gereckt, halb geduckt - eine große Schublade zusammen. Praktisch veranlagt wie sie war, zählte sie Pinea auf, wie Jesus den Käufern und Geldwechslern das Gold durcheinander und vor die Füße warf und erklärte, es habe im Tempel nichts zu suchen; und sie vergleicht das mit der klugen Esther, die mit ihrer Sprache und ihrem Erfindungsreichtum Macht und Männer verändert hatte für alle. Courage ist nicht nur, wenn man einen Hut hat oder eine schöne Stimme, sagte Elisa. Pinea dachte, ich höre gar nicht zu, du Blöde, und du merkst es nicht, aber Elisa sagte schnaufend, glaub ja nicht, dass ich nicht wüsste, wie dir Maman, ich meine Nastasja, fehlt. Nicht nur Papa denkt oft an sie. Sie streckte kurz ihr Gesicht inmitten des wirren, dunklen Haarschopfs unter der Schreibtischplatte hervor und ihre dunklen Augen funkelten Pinea energisch an. Sie nannte Nastasja schon eine ganze Weile Maman, erst recht, weil Pinea sie stets betont bei ihrem Vornamen nannte. Sie dehnt sich, nicht wahr, sie fühlt sich ausgeleiert an, die Zeit, in der man sich und die Langeweile zusammenbringt, wieso ist dies und jenes so bedeutungslos, was wir tun, das macht haltlos, wenn Sehnsucht auf unbestimmte Weise allein gelassen wird und sich nichts sammelt, um etwas zu werden, zu bewegen, zu konzentrieren, dachte Pinea entmutigt. Mama, Mame, Maman, Mami kommt nicht wieder. Die Grausamkeit mancher Vorgänge erschien ihr wie ins Hirn gebrannt und ins Herz gebannt, aber nicht erkannt. Nicht wirklich erkenntlich, fassbar und zu schrecklich, um sie bei Tageslicht von der Kehle in den Mund, in ein Gespräch zu ziehen. Wie eine politische Explosion; willkürlich und geplant zivile Opfer in Kauf nehmen konnte, ja suchte, wie sie es von Terroranschlägen in Israel kannte, so hatte der Tod ihre Mutter mit Wucht zerkleinert, das bleiche Leben mit Bildern versehen, von ihrem Gesicht. Und die Nähe der Neuen, Nastasja, hatte wieder etwas von ihr zur Ähnlichkeit gemacht, zu ihnen gebracht, belebt, hinüber getragen in dieses Leben mit ausgebreiteten Flügeln, eine Schwingung, die bekannt war. Merkwürdig.

Illustration/ Gemälde: Die Zwillinge, Anmutung 1

73

Wir Juden sind von Titus Tempelzerstörung bis vor kurzem 2000 Jahre lang nicht in Galiläa und Judäa angekommen und als wir es sind, haben wir nicht die Herrschaft und das Abschlachten durch die Römer erlebt, sondern die Anfeindungen und Kriege der arabischen Staaten. Pineas Stimme schlug dunkel, mit einem dumpfen Schlag auf, sprang hoch vom Boden und erreichte Elisa, sie kroch nach getaner Reparaturarbeit aus ihrem Schreibtischversteck hervor. Nastasja würde jetzt sagen, es war nicht umsonst, dass die Brotkrume vom Tisch fiel, ein Vogel kam, um sie aufzupicken und dann weiter flog zum Nestbau, dem wachsenden Nest mit Hunderten von Flügelschlägen dienend, unter denen die Katze schon wartete, aber eins der Küken würde meist überleben, beschwor Elias Nastasjas Trost herauf, „es weijn seyn jute Zeyten"…, die ihnen fehlende Frau des Vaters belebte sie. Ihr Blick fiel auf den Abfalleimer, in dem ein Knäuel von Papier das chaotische, durchwachte und bombardierte Gefühl in Schrift übersetzte, Überfälle auf sie, tote Gespenster und sterbende Überreste von Hoffnungen in grausamer Unkenntlichkeit zu Müll werden ließ. Sie machten eher Papierkugeln aus dem Leben, Nastasja hinterließ eher Fetzen. Für morgen hatte sich Tante Ava angekündigt, das war ein Lichtblick mit mosaikförmigen grauen Streifen darin.

Tante Ava konnte ohne erkennbaren Sarkasmus, aber mit feingeschliffener Ironie ihre Sprechakte so ausschmücken, dass das langweiligste Buch des Deutschunterrichts, das sie derzeit in der Oberstufe lesen mussten, welches auch bei den Lehrerinnen und Lehrern hinter vorgehaltener Hand als reuige, verklausulierte Naturalismusverschachtelung mit Mühe und Not zum Durchbeißen von altem Schwarzbrot angesehen, und von niemandem als frisch und knusprig empfunden und empfohlen wurde, plötzlich witzig war, indem es ihnen politische Hintergründe zu vermitteln glaubte, die im Vergleich zu ihrer eigenen Herkunft und Geschichte mit Schilderungen über diverse Baumarten, Strauchsorten und Bodenbeschaffenheiten so kleinlich und peinlich aufgelesen erschien, dass sie die Krümel und Brösel zum Lachen finden konnten.

Tante Ava machte die unverdaulichen Schriftbilder mit Wortlauten nach, mit denen sich die Ranking-Verlagsbranchisten vor Begeisterung auf die wortgewaltige, realistische Naturlokalbeschreibung mit vereinspolitischer Provinzgeschichte stürzten und sie beschrieb ihnen, wie die Besprechungen zustande kamen; und was dienernde Faktoren im Verhalten von Schrifttumherstellenden für eine Wirkung in Betrieben auch für Autoren darstellten, unweigerlich. Der Betrieb lebte von ihnen als eine Gruppe von Funktionären und einer Gruppe von Vertrieblern und einer Gruppe von Managern und einer Gruppe von Zulieferern und einer Gruppe von Rechnern und einer Gruppe von… und ganz am Ende erst einer Gruppe von Autoren, die auf dem Bildschirm, so scheint es, die ersten waren, aber sich stets selbst genug sein müssen, darum zu bitten, welche zu sein, falls sie keine maßgeblichen verwandtschaftlichen, intimen oder berufsgenossenschaftlichen (Prominenz, Popularität, Herkunft, Institutionen, Geldtransfer) Vermögenswerte haben oder auch im Bett und vermittelt von…, wenn nicht das Aufwarten mit Reizen ist, dann bitte Namenträger mitbringen.

Am Ende der Reihe steht da, wie gefütterte Kohlroulladenbällchen verschlungen werden sollten vom nutzdienlichen Lehrpaukerdienstpersonal, dass sich Zumutungen der Staatskulturentscheidungen vom im Tennisverein verhandelbaren Schulkanon stillschweigend zu eigen machen lassen, was zumindest aber Buchstaben bewirkt, nicht wahr, Preisgelder winken womöglich; die Namhaftigkeit der Autorenschaft zu Lebezeiten macht sich im Verlagshaus so breit wie dienlich auf der Messe. Doch nicht nur in der Kunst gelte, man bedenke es: „Je töter, desto besser". Lustig daran war, dass Ava ihre Mundbewegungen und Laute so effektvoll verändern konnte, dass jede dieser Gruppen in ihrer Rede neu vor die Augen sprang und für sich ins Ohr zu sprechen schien, bis das ganze eine Heiterkeitsveranstaltung wurde, deretwillen Elisa und Pinea auch wirklich einige Seiten aus dem Buch zu lesen bereit waren. Es gibt Leute, die haben eine Vorliebe, alles von außen zu betrachten, dachte Pinea, das ist ja auch viel leichter, so leicht, wie Sprache sich vom Geschehenen distanzvoll abhebt. Myron Levoys gelber Vogel hatte nichts davon, er besuchte sie oft. Als Realismusempfehlung anderer Art hatten sie durchaus kanonhaft von Ava Fontanes „Effi Briest" bekommen und Tolstois „Anna

Karenina" und Flauberts „Madame Bovary", George Eliots „Middlemarch", abwechselnd auch I.B. Singers „Jaakow" und Lizzie Dorons „Es war einmal eine Familie", Anna Seghers „Die Toten bleiben jung", Christa Wolfs „Christa T.", Marguerite Duras „Liebhaber", selbst Irving D. Yaloms Spinozaproblem las Pinea neben der Tora, das alles lag ihr näher als diese aufgezwungene, als gegenwärtige hochgelobte Schullektüre. Teilen konnte sie es kaum mit jemandem.

Illustration: Schreibende namhafte Frau im 20. Jahrhundert, Antlitz C.W.

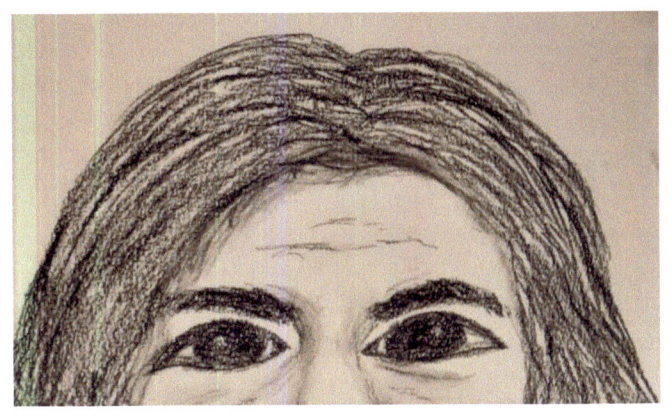

Aber es quälte sie noch ein anderes Problem viel heftiger. Sie hatte bei einer Exkursion mit ihrem Leistungskurs in das Wiesbadener Staatstheater ein junges Pärchen in ihrem Alter gesehen, dass sich auf offener Straße frontal zu den vorübergehenden Passanten und Besuchern der Kulturstätte küsste, ja, wie sehnsuchtsvoll und zart und leidenschaftlich suchend die Gesichter weich wurden. Anders konnte sie es nicht nennen und sie hatte auch ihren Blick nicht abwenden können. Fehlte ihr etwas, fehlte ihr nichts? Das Problem war, dass sie die meisten Jungen und jungen Männer ihrer Generation dümmlich, nichtssagend und abstoßend fand. Sie langweilte sich - , wenn sie in ihre Nähe kam und sie aushalten musste. Sie fand die jungen Frauen in der Regel schöner und, zugegebener Maßen, selten vor dem Spiegel, aber manchmal, und ab und an unter der Bettdecke sich streichelnd, über ihre Haut streifend, auch sich selbst. Selten, viel seltener jedenfalls fand sie einen Mann interessant; und ja, es musste dann ein Mann sein oder wenn jünger, etwas Eigensinniges oder Scharfkantiges oder vielleicht sogar Hässliches dabei oder an sich haben, aber nicht diese gewöhnliche Form des Hässlichen, das aus der Form gerät und disharmonisch ist, sondern jene, die etwas Bestechendes hat, etwa wie die Handzeichnungen von Egon Schiele es entwarfen, wenn er den männlichen Akt als Selbstportrait oder andere Selbstbildnisse entworfen hatte. Überhaupt wusste Pinea, dass sie Menschen nur dann als anziehend empfand, wenn sie sie auch zwischen einem Rahmen auf einem Blatt Papier hätte spannen oder klemmen können, als Kunstfiguren, als lebensechte ästhetische Formen, als   expressionistischer Ausdruck, und die sitzende Frau mit angezogenem Knie und freigelegter weiblicher Scham war eines ihrer Lieblingsbilder. Strotzend vor Schönheit mit wenigen Linien federführend konturiert und lebendig-provokant hervorgehoben, gestochen scharf in sinnlicher Pose, ohne im Entferntesten sich der Fotografie anzudienen. Sie hatte eine Kopie davon beim als Kunsthändler arbeitenden, erwachsenen Sohn Nastasjas in einem Katalog gesehen, und es gefiel ihr mehr als die verschmelzend strahlende, buntmalerische Zweisamkeit von Klimt, die Elisa sich in einer ihrer Schreibtischvorlagen eingearbeitet hatte.

Illustration/Gemälde: Tante Ava

83

Ich mag Tante Ava aus einem anderen Grund als Du, sagte Elisa etwas geheimnisvoll und setzte sich, vom Schreibtisch auf allen vieren zu ihr kommend, neben sie. Dabei schaukelte sie ein bisschen vor und zurück, wie sie es oft tat. Elisa hatte wirklich noch nie still sitzen können, seit Pinea sich an sie erinnern konnte. Aber sie musste zugeben, ihr flogen auch dauernd die Fetzen des Geschreis „Zionisten raus" und „Israel fahr zur Hölle" um Augen und Ohren, auch ohne Telefon und Bildschirm, und statt des tödlichen Tages für das jüdische Volk blieb es die globalisierte Intifada vom river to the sea. Unmerkliche Beschimpfungen wie nebensächlicher Art waren sie gewöhnt, Mitschüler, die einen Satz aus „Mein Kampf" vorlesen wollten und fragten, ob der und der Jude sei, nicht als Frage nach der Religion, sondern als Typ gemeint, während wieder niemand zuhörte oder sich erregte, im Foyer der Weihnachtsbaum geschmückt wurde und die Tische im Lehrerzimmer mit Lametta-Kränzen bedeckt waren, die Tage des Lichterfestes nicht existierten. Die liberale Gemeinschaft der Oberstufe missachtete ihre Anwesenheit und ihre Wirklichkeit existierte geradezu nicht. Antisemitische Nuancen konnten mehrfach nicht nachgewiesen werden, da sie ohnehin aus den Elternhäusern unmerklich hinüber ins Gekritzel und Eingeritzte eines Tisches gelangten, eine Einigung über die Entsorgung ließ sich schon deshalb erzielen, weil der Tisch alt war, wie alle Räume, und anders als diese entsorgt werden musste. Eine Klage hätte kommen können, zugegeben, ihre Klage hörte niemand, sie war nicht

84

juristisch genug. Nur ein Junge aus dem Leistungskurs hatte sie gefragt, ob sie mit ihm Dreidel spielen wolle, er kenne das, könne es aber nicht gut. Und um den ging es jetzt , wie Pinea gerade merkte, als sie aus der Welt ihrer Gedanken ausstieg und Elisa ansah. Aber auf Umwegen.

Tante Avas eigene familiäre Geschichte war die zweier Verliebter ihrer und ihrer Schwester Vorfahren, fast Kinder noch, die lange aufeinander warten mussten, zweier Religionen angehörig im Krakauer Anrainerraum, auch in ländlicher Gegend Breslaus, hin und her ziehend und sich niederlassend, sie mit den jiddischen Wurzeln eines geerdeten armen Hüttenwesens und den dunklen Augen bei heller, weicher Haut, hohen Wangenknochen und dem pechschwarzen Haar, das sie an nicht alle ihre Kinder weiter vererben würde. Sie trug aber die einfache staubige Armut und schluckte sie dem Vater zuliebe, der mit seinem Käppi , - halb Mütze, halb Kippa - über seinem verwilderten Bart mit leuchtenden Augen im Feuer seines Gebets und Aufwallens überall Kreise und Flammen schlug, sodass man das Geschrei vieler Kinder dafür vergaß und zu einer Melodie pfiff, nur nicht den mageren Topf Suppe um ein Haar umwarf. Er mit der Geduld eines Schulmeisters , der er dann doch nur wurde in Form und Nachgeburt eines späteren, in der Beamtenlaufbahn erfolgreichen Schwiegersohns, sich als Geschäftsmann indes herausnahm zu heiraten, wen er wollte, sofern die Eltern seiner Braut ohne Murren von einer Religion in die ihnen - Türe öffnende - nächste traten, wenn dies auch bis zu ihrem Tod kein abgeschlossener Prozess geworden war. Die sprachliche Wurzel schwang mit in der Luft herum, wenn seine künftige Frau ihr Tuch über den Kopf zog und ihn im Laden ihrer Eltern begrüßt hatte. Was hatte ihn das berührt. Sie erlebte Kinderscharen in eigener Kindheit in Obhut, um sie vor dem Schaden des Stehlens zu bewahren. Die Geschwister eine Gruppe mit fahrender Unruhe im Blut, die Urahnen, man ahnte sie bis auf weniges mehr, als man wusste. Mit dem zischenden Laut der polnischen Namensgebung, der denselben trug wie die Straße mit den vier Synagogen, benachbart ein Friedhof, in vielfacher Form : Szeroka, Seroka, Siroka. Und eine Schönheit war seine Braut dazu, obgleich es ihre riesigen, dunklen Augen und ihr Gesicht waren, die alles überstrahlten, während der mittelgroße, feingliedrige Körper sich früh mütterlich rundete. Mit großem Stolz trug sie einen modernen Vornamen, der fast städtisch anmutete und der einer zwischen den osteuropäischen Nationen changierenden, deutschen Richtung im familiären Tun und Treiben, einiger Abstecher eingedenk, seinen Weg wies. Laura. Ihre etablierten Töchter konnten ihr dunkles, pechschwarzes Haar wie ihre dunkelhaarigen Männer im 19. Jahrhundert bereits offen, wenn auch streng in einem Musterdutt zusammengesteckt, tragen, erst später kamen blonde Einsprengsel durch Einheirat aus dem deutschen Norden und den russischen Anrainerstaaten hinzu.

Tante Ava habe keinen Dreidel hingelegt und auch keine Würfel mit passendem Glossar oder einer Bedienungsanleitung, sagte Elisa betont ruhig, dabei wichtigtuerisch, und verzog beim Lächeln ihren rechten Mundwinkel etwas nach unten. Sie hat mir einen noppenartigen, bunten, eingepackten Gummi mitgebracht.

Ich wäre gern auf der Stelle woanders gewesen, als vor ihr mit heißen Wangen und rotem Kopf dazustehen und wie eine dumme Kuh vor mich hinzublinzeln. Elisa schwieg nun. Sie meine es gut, behauptete sie, man müsse sich davor schützen, allzu schnell zwei Religionen miteinander zu vermischen. Oft führe das in zwei konkurrierende Familienzweige statt zu Bereicherungen und die Geschichte der Deutschen sei voll von nicht gelungenen Rettungen und Bindungen in mörderischen Zeiten. Sich wohl bewusst, aber anscheinend unbekümmert, blies sie dieses Kondom auf, bis es platzte und dann nahm sie mich in den Arm. Sie wurde so verlegen, weil ich sie bat sich nicht weiter vorzuwagen. Sie dachte laut über Thores Religionsgemeinschaft allgemein und seine Religionszugehörigkeit mit etwas Distanz im säkularen Bewusstsein nach. Die Gegenwart Gottes musste dennoch in ihrer, der Menschen, Nähe wohnen. Der Zweifel ist in einer Wüste nicht angebracht, flüsterte sie uns, mehr mir als sich, zu. Ich habe Tante Ava noch nie so wirr und unsicher erlebt. Und ich sage Dir auch , warum: Elisa beugte sich zu Pinea und betrachtete ihre Augen, indem sie ihre etwas zukniff. Er ist verliebt in Dich, nicht in mich – und sein Vater ist ein angenehmer jüdischer Restaurantbesitzer in Frankfurt, auch wenn sie hier in der Nähe wohnen. Hörst Du? Pinea schüttelte den Kopf, mehrmals tat sie das, wie ein Pferdchen mit Mähne, statt die Nüstern zu blähen, schloss sie nun die Augen. Sie war nicht wie diese beiden jungen Leute vor dem Theaterfoyer der Landeshauptstadt. Auf den nackten Steinen stehend, sich zum Kuss hinbiegend und erste zarte Verschmelzung im kühlen Wind selbst erprobend. Sie, Pinea, würde Elisa sicherlich nicht sagen, was sie von sich bisher wusste.

Sie konnte das für sich in wenigen Worten zusammenfassen. Ihre Übereinstimmung mit ihrem Körper bestand in einer wohltuenden, sich selbst genügenden, sich selbst auflösenden, wie selbstverständlichen Befriedigung und Selbstbefriedigung. Sie empfand Langeweile mit anderen jungen Männern, warum sollte es diesmal anders sein? Wenn sie mit ihren Händen den Bauch entlangfuhr über die Oberschenkelhaut nach der Einbuchtung des Beckenknochens, um dann ihre eigenen Brüste zu umfassen, die im Vergleich zum sonstigen schmalen Körper und einigen Kurven an der Flanke wie zwei schwulstige Spitzen ihren Fingern entgegenkamen, war der Weg ihres Mittelfingers zwischen den Häuten ihrer Scham ein weiches Reiben in den weichen, glitschigen Vorhof ihres Köperzentrums, und sie rieb sich gern. An ihrer knubbeligen kleinen Wulst mit geschlossenen Augen hin- und hergleitend, mit rhythmischer Bewegung ihres Mittelfingers in Kreisen sich in ihre eigene Hand drückend, bis zum gierigen Nachdrücken und Entgegenkommen ihres Beckens in eine Lust hinein, mit einer Gier, einem leisen Aufstöhnen. Ihre weiche Geschwulst, die warme, schleimige Hauttiefe, es entzückte sie, dass sie sich selbst fühlte. Das Verhältnis zwischen ihrer heißen Innenwand und warm werdenden Scheide und ihren Finger umschließenden Muskeln bis zum ziehenden Aufbäumen ließ erst mit der Erlösung nach, die sie durch das schnelle Schieben der Finger beim ruckartigen Heben und Senken der Fingerspitzen erreichte, wenn sie die Beine stramm von sich streckte und den Po und ihren Steiß in die Matratze drückte. Es war schön, mit dieser Gier zu leben, auch allein zu leben, und sie hätte sich so fast jeden Tag selbst begegnen können., wenn die Zeit sie nicht mit sich fortriss. Sie musste sich dabei kaum etwas denken, erahnte vielleicht ab und zu, dass das mit Männerhänden auch schön sein konnte, da ein Männerblick reichte, um sie zu beeinflussen. Aber genau das war der Fall, der in der Realität bisher nie lange anhielt, niemandem bei ihr dauerhaft gelang. Sie war sehr empfindlich gegen diese Störungen, die die Erwartungen eines anderen und ihre Konzentration darauf hervorriefen. Es verwunderte sie, verwundete sie, sie wollte sich nicht mit Gefühl für das andere Geschlecht umbiegen müssen oder unterlegen sein lassen, sie wollte die Empfangene sein, ohne eine genaue, klare Vorstellung davon zu haben.

Tante Ava faselte dagegen etwas von sozialen Grenzen bei der Liebelei. Von Mustern einer Gesellschaftsform und Passungen. Oder war es Elisa, die faselte? Hörst Du?, fragte Elisa. Ach ja?, murmelte Pinea, ich höre und höre doch nicht. Ich kann nicht mehr hören, ich weiß gerade nicht, was Familiengeschichte und was Liebe ist, und ich bin nicht so interessiert an engen, ellenlangen Beziehungen zu Jungs - , besonders nicht in unserem Alter. Sie zog dann eine Schnute, schürzte ihren Mund, spitzte ihn mit ihren Lippen wie zum Kuss nach vorne, kniff die Lippen zusammen, stand von der Hocke mit einem grimmigen Schwung auf und lief hinaus aus dem Zimmer. Hinter ihr fiel die Tür leicht knallend ins Schloss.

Elisa kannte das schon von ihrer Schwester, sie wird sich wieder beruhigen, später werde ich sie vielsagend am Ärmel zupfen. Das haben wir so vereinbart, Elisa erinnerte sich an die Versöhnungsgeste, die so oft vorgekommen ist in ihrer Kindheit, still gehen wir in einen Raum und doch sind wir gemeinsam darin. Dennoch ändert sich etwas, ich sitze auf einer Bank allein, ohne sie, ich denke, Tante Ava ist lieb und hilflos, sie versteht etwas von Mustern, Grenzen und Formen. Sie will uns nicht belehren dabei, nur schonen, schützen und warnen, aber so geht es nicht, sie ist auch nicht zu doof, um das zu wissen, sie sitzt nur nicht mit mir auf einer Bank, wenn ein fremder Junge mich küsst.

Illustration/ grafische Zeichnung: Die Zwillinge, Anmutung 2

Kapitel 4 - Nastasja und Thore Baruch

Schräg gegenüber des als übliches Mehrfamilienhaus getarnten Gebäudes, in dem eine kleine Synagoge zu Hause war, zu ihrem Schutze bewacht von Wiener Polizeibeamten, befand sich im altehrwürdigen, durch die deutschen Faschisten gebrochenen und doch wieder entstandenen Leopoldviertel mit den vielen auch aus Osteuropa angesiedelten Familien, ein kleines Bordell. Ab und an hing sogar ein Schild im Schaufenster: Junge Frau gesucht. Wusstest Du das nicht? Einige hunderte Meter weiter, in einem orthodoxen Restaurant mochten die beisammensitzenden älteren, weiblichen Gäste aus mehreren Familien darüber streiten, welche Schwiegertochter welchen Namens mit weit mehr als zehn Kindern unübertreffliche Qualitäten bewies und welche nicht, ein alternder Mann sich eine Schirmmütze über seine Kippa ziehen, bevor er nach draußen ging, vorsichthalber, man wusste nie, welche Zeit heute erst anfing und welche gestern noch nicht vorbei war, aber, sagte Thore zu Nastasja, die ihm zu still dasaß, Du verherrlichst *uns* und beklagst Dich dann bei mir über das Zerstrittensein, das darunter zu spüren ist. Jetzt wurde das also wieder ein Streit.

Nastasja empfand sofort eine Aufwallung, ärgerlich fühlte sie den Schmerz in sich über seinen Pronomengebrauch, *uns*, über das Hinwegreden ihres Daseins und ihrer Intimität und ihrer Verbundenheit und

93

ihres Gebrauchtwerdens, das an anderer Stelle so wichtig für alle war, jüdische und jüdisch-christliche und nichtjüdische Menschen, sie war wütend über das Ausgeschlossen werden in Sprache. Und dennoch meinte er, ihr damit etwas Gutes zu tun, etwas von der Idealisierung zu nehmen, die sie vor allem seiner, aber auch ihrer eigenen Religiosität entgegenbrachte. Natürlich, selbst Rabbiner in den USA vermarkten Knochenmark mit Gottesverheißung, so wie Pfarrer ihnen anvertraute Minderjährige verführen und Bischöfe die Misshandlung von kindlichen Messdienern verschweigen. All das ist bekannt, sagte Nastasja ungeduldig. Wie oft Imame in den eigenen Familien Nichten schwängern und von Jungfrauen predigen, die nach dem schlagkräftigen Demütigen der eigenen Frauen gepriesen werden, ja, wir können das Fortführen mit den Witwenverbrennungen in Indien, die noch immer stattfinden und den weiblichen Säuglingen, die um die Ecke gebracht werden, kaum dass sie mit eigener Lunge atmen. Das finden wir selbst auf der Nordseite des afrikanischen Kontinents, aber wir unterhalten uns nicht darüber, dass wir die Heilsarmee sind, ich bin dessen überdrüssig.

Grafische Illustration: Nastasja und Thore im Streit

Worauf ich hinaus will, sagte Thore, ist, dass, wenn eine Religionsgemeinschaft so zerstritten ist wie wir und so starrköpfig gegen Mischungen von außen nach innen dabei bleibt, dass sie nicht nur viele potenzielle Gemeindemitglieder verliert, sondern auch von innen nach außen ein Territorium wie durch einen Schützengraben hält, als könne sie nicht anders jüdisch sein. Gleichzeitig ist es wie überall, die offiziellen Verlautbarungen gleichen nicht den Lebensformen des Alltags, den wir beobachten können an jeder Straßenecke, zumindest der großen Städte. Und welche Landjuden sind schon in deutschsprachige Landstriche zurückgekehrt? Wenn eine Synagoge nicht restauriert und neu gebaut werden darf, weil man sich nicht einigen kann, ob Männer auch neben Frauen sitzen könnten, dann ist das ein sicheres Zeichen dafür, dass das konservative Judentum in liberalen Gesellschaften nicht weit gekommen ist, oder dass die Liberalität die Orthodoxie nicht im Kern verändert hat.

Ich verstehe nicht, sagte Nastasja, worauf Du hinaus willst. Es geht schon wieder um die Synagoge in Deiner kleinen Heimatstadt, die vor sich hinschimmelt oder pardon, in sich zusammenfällt, weil Politik und Menschenverstand mit religiöser Botschaft nicht in alle Himmelsrichtungen gestreut werden dürfen. Rede doch, komm zur Sache, was hat das mit mir zu tun? Du redest vom Buch Bemidbar und Israels Verhältnis zu Fremden? Oder von dem, was biblischer Herkunft ist und hier und jetzt ins gelebte, strittige Leben führt? Gehorsam gegenüber jenem, ob in Krieg oder in Verteidigung oder unter uns, „so verunreinige das Land nicht, worinnen ihr wohnt, in dessen

Mitte ich throne: denn ich, der Ewige, throne inmitten der Söhne Jisraels, 35,34", siehst du, wozu sich aufregen, ich als weibliches Geschöpf der Geschichte komme auch nicht vor sowie in den Genuss eines Männerbordells? Denn der Ewige redete zu Moscheh in der Wüste Sinaj: "Und bei euch sei je ein Mann für den Stamm, ein Mann, der Haupt seines Vaterhauses ist", wie Bemdibar 1,1, besagt, nicht wahr? Deswegen meinst du, sind die Puffs in jüdischen Großstadtteilen wie in allen anderen solchen Stadtteilen auch, mit Mädchen und Frauen bestückt und die sie konsultierenden Männer sind Freier wie annodazumal, richtig? Denn entweder seid ihr „Berufene eures Stammes" oder „Berufene der Gemeinde. Vorsteher ihrer väterlichen Stimme", und wir sind allenfalls die, die Euch die Stimme bei unserem Anblick verschlagen? Und ich soll nicht glauben, dass, nur weil ich viel weiß, ich für die religiöse Deutungsmacht außerhalb von Heirat im Judentum oder direkter elterlicher Verwandtschaft, immerhin auch des Vaters im liberalen Geiste neuerdings, sonst etwas zu suchen hätte? Ohne dich und deinen Segensspruch etwa? Und glaubst du nicht, dass ich das nicht schon schmerzhaft in eiskalten und hartherzigen bis hasserfüllten Frauengesichtern mit scharfem Gesichtsschnitt inmitten missbilligender eisiger Anhäufung von Nichtanerkennung, Falten, Runzeln und kühnem Übermichhinwegsehen als Verachtung, ja Vernichtungswillen des „Du Nicht" kenne? Diese hasserfüllten knalligen Blicke alter und neidischer Weiber, die Angst machen wollen und sich ihrem ideologischen Glaubenswahn politisch ergeben, um mich in Schach zu halten? Ihr Heiliges, auch das Jüdische, betreten soll ich nicht, mich anverwandeln auch nicht, mich untergebend unterwerfen als Andersartige, als Nichtjüdin oder durch strengsten Kodex wie Ergebenheit unter eine Heirat vielleicht und dann als schmerzhafte Kasteiuung, immer nur zweite Wahl unter Gottes Schirm, während die intellektuelle, wortgewandte Elite der Herrenriege tun darf, was sie tun muss? Was für ein Gemeindeideal! Unter Christen, unter Juden, unter Moslems. Und Menschen jüdischer Herkunft sind doch keine Kriminelle. Für wie dumm hältst Du mich? Da darf eher jemand im Bordell jede käufliche Frau anpissen oder von ihr angepisst werden oder es mit mehreren gleichzeitig treiben und Drogen nehmen, wie in der Kunstszene üblich, der Musikbranche, in den Versicherungsunternehmen und besonders im gehobenen Vertrieb, im Bankengewerbe, um nur einiges zu nennen, nicht nur in den Hotels, die Gemeinschaft schirmt jeden von ihnen ab, aber ich habe das Schweigen in der Verachtungspose darüber dutzende Male erlebt. Bei Berichterstattungen, in Museen, traktiert vom Redaktionsbüro bis zur Universität und wieder zurück? Aber siehst du, es sind zwei verschiedenen Paar Schuhe, solange ich in einer Synagoge willkommen bin.

Und außerdem, fuhr Nastasja fort, leben wir in einer großen Kleinstadt oder der kleinsten Großstadt Hessens, wie Du willst, und auf dem sogenannten erweiterten Schulhof eines der Innenstadtgymnasien, direkt neben dem Kongresspark Hanau im Schlossgarten ist der größte Umschlagplatz für alle Arten von Drogen, wie es fast alle Hanauer wissen, jeder dritte diensthabende Polizist erzählt es während seiner Physiotherapie, in jedem zweiten

Gebüsch liegt eine Spritze, die Schulleiter gehörten in eine lange Tradition sogenannter christlicher Parteipolitik, und was passierte? Die liberale Cannabisgesetzgebung war auch eine Antwort. Und meinst Du nicht, dass jede beliebige Göre, die den Konfirmationsunterricht durchmachen musste , ob sie wollte oder nicht, nicht von handgreiflichen notgeilen Pfarrern berichten könnte? Wollen wir die Pädophilie im heiligsten aller katholischen Orte kritisch untersuchen lassen, wenn es nicht um Jahrzehnte nach Tatzeiten geht, oder uns lieber während der Recherchen schikanieren lassen bis zur Lynchpraxis Roms? Wo glaubst Du, habe ich gelebt? Geh doch mal an der Frankfurter Messe vorbei zu Stoßzeiten der Dämmerung... !Und die angeblich so süßen Judenschwänze , auf die christliche, zumal deutsche Frauen scharf sind, ich kann da nur sagen, die Angebote käuflicher Liebe, nennen wir das mal idiotisch idyllisiert, sind doch nicht nur per Mausklick und digitaler Reaktionskette sehr zahlreich im Frankfurter Milieu, oder, was meinst Du, links wie rechts mit Traditionen, nicht nur des Korans, begabt, sprich doch der Tora im Sinne Dewarim 10,11 nach: „Der Ewige sprach aber zu mir", haben sie das noch im Sinn? „Auf, gehe zum Zuge vor dem Volke, und sie sollen hinkommen, dass sie das Land einnehmen, welches ich ihren Vätern geschworen, ihnen zu geben", ist das die Frucht männlichen dekadenten Verlangens?

Und erst die scharfe Zurückweisung der Einmischung meiner Person selbst durch die sich liberal gebende Rabbinerwelt, gar der Zeitungsfritzchen, die Hamburger und Wiesbadener redaktionelle, staatlich bestellte

Reklamewelt politischer Geheimdienstverbindungen und Abhörmethoden und programmierter Spitzelfahndungen, die widerlichen kleinen Zuhörer, die sich untermischen. Und das nennen sie nicht großen Lauschangriff, nein, Rasterfahndung; die Videobotschaft dabei ist eindeutig. In Universitäten allerdings und auch in der jüdischen Gemeinde, nicht nur in den christlichen, war die Altherrnriege immer selbstverständlich so narzisstisch-selbstherrlich am jungen und jugendlichen Frauenkörper zugange wie in der Kunstwelt allgemein Usus, und das ist doch angesichts von Toulouse-Lautrec, Degas und Giacometti auch wieder sympathisch, wenn wir nicht gerade filmisch an Vergewaltigungen und Nötigungen und Gewaltakten durch Abhängigkeiten teilnehmen müssten, wie bei den jungen randalierenden muslimischen, extrem konservativ erzogenen Islamangehörigen auf der Kaiserstraße, nicht wahr? Die mit den Kopftuchfrauen in der Familie, die mit 30 Jahren aussehen wie Sechzigjährige im vorigen Jahrhundert bei uns, weich und füllig, gealtert und frühzeitig erschlafft, während ihre Männer mit dem schnuckeligen Porsche vorfahren oder mit dem Springkatzenemblem? Mit dem Kebabladen um die Ecke, der auch gut läuft, wirkt das ganz harmlos im Zusammenhang, wenn dann noch genügend Schmiergeld bis in die Behörden reicht, gibt es auch ein Auf und Ab zwischen kommerzieller Befriedigung, Moschee und schwedischen Gardinen. Für bestimmte Männer. Oder glaubst du irgendeine Frau, die ich kenne, hätte sich solche Demütigungen ersparen können? Aber wirklich, die ganze deklarierte Schande des Ehebruchs zum Beispiel ist ein

Hohn, nicht nur eine religiös verbotene Frucht, eine verfälschte Bilanz von frisierten Zahlen und ein Abtauchen der Fantasiewelt ins Internet. Dort spätestens ist die Perversion gemütlich zu Hause angekommen, oder nicht? Warum soll das jetzt in Wien, im jüdischen Viertel, anders sein? Macht die Schoa besser? Ist es heutzutage weniger schwer?

Du weichst aus mit dieser Ironie, Nastasja, sagte Thore, es tut Dir doch weh mit dem Bordell, auch wenn es Faszination verheißt und „Vergnügen" heißt. Die Sensibilität ist mit und durch Brutalität verformt worden in so vielen Frauen, die keine freie Wahl haben, sich das aber schönreden, weil die Mischung aus Masochismus und sich sehen lassen wollen in der Befehlsgewalt oder Gier der Männerwelt, von der sie leben und die sie über sich ergehen lassen, das Gebrauchtwerden ist, was ihrem Körper -, ihren Sinnen und ihrer Eitelkeit, wollen wir es hirnlose weiblich-pervertierte Barbiepuppengeilheit nennen, schmeichelt? Oder ist es das nicht, ist es weibliche, von Umgebung geformte Urmacht? Ich rede nicht von denen, die sich fügen. Obwohl wir auch über diese reden sollten. Ja, sie leben davon, die aktiven Frauen, manche von ihnen gut. Der perfekte Gang und das griechische Schönheitsideal, in Gold getaucht, mit Herrschaft verbandelt und in Etiketten dargelegt, die nicht als Ketten verstanden werden, sondern als Güter. Wie das Glitzern, die Lust und die Leere im Taumel des unbedenklichen Rausches und Reichtums nicht so schal und kahl wirken wie das allgemeine Leben, ja, das verstehen alle, nicht wahr? Nur die Rollenverteilung, ist das jetzt die treffende Diskussion darüber? Wir setzen uns über

Edvard Munchs modernen Schrei hinweg, wir lieben das Schöne an uns selbst, wie Hegel sagte, die unmittelbare Stufe der Wahrnehmung ist dreimal so ereignisreich wie jede Erkenntnis, und Frauen haben einfach andere Interessen heute, nicht wahr, man sagt nicht mehr Hirne? Die orthodoxe Gemeinschaft in Wien entzündet sich am Glauben, nebenan ignoriert sie das Bordell? Drei Straßen weiter stehen schließlich die Polizisten und bewachen eine verkleidete Synagoge, die durch antisemitische Anschläge bedroht sein könnte. Die Schaufensterverlockung? Nicht wirklich, nur Zufall? Oder nur unter Umständen? Nennen wir es widriges Leben statt gottloses, nennen wir es Ausweg? Und, was hat das mit Deinem Orgasmus zu tun?

Nehmen wir einmal an, Du gehst in eine Peepshow und darfst Dir Männer ansehen. Nehmen wir einmal an, Du könntest einen Mann mit einem Dir gefallenden Körperbau und anziehendem Gesicht für Stunden käuflich erwerben für den eigenen Genuss? Du würdest Wünsche äußern und er versuchte sie zu befriedigen? Du würdest nicht vor Scham vergehen, dabei erwischt zu werden , sondern dich in ganzen Gruppen treffen, um – ohne große Öffentlichkeit einzuladen, in etablierter Wirtschaftweise Deinen Privatgenuss, sagen wir mal, im Hotel zu erleben? Oder dir privat jemanden bestellen per Videoschaltung, ohne dass irgendetwas Unangenehmes folgt dabei für dich? Würdest du sagen, das alles ist etwas anderes als ein Blinddate zwischen zwei Leuten oder nicht? Der pädagogische Körper streicht die Sexualität, die im Lehrplan vermerkt war, die Beamten im Lehrerstatus dürfen sie umso ungenierter auswählen, es sitzt ja auch genug williges

103

Geschöpf in ihren Vorlesungsreihen. Und das Geheimnis der Pfarreien? Ist der Sadomasochismus, den die Erzählungen von Kafka zuweilen selbstquälerisch zelebrieren wie einen sprachlichen Samenerguss von sich geben, nicht herrlich? Das geheime Verbot auskosten von beiden Seiten? Die Knaben und Mägdelein zu mir, in Gottes Unmittelbarkeit komme ich in ihr Gesicht, und sie entkommen mir nicht, und später mag sie das verstören oder geil machen oder beides. Aber im Moment lebe ich und zwar durch Gefügigkeit, Hörigkeit, Ohnmacht und Suggestion, Willigkeit, Unterwerfung und erste Erfahrung. Und worauf baut das? Die Religion hat etwas Anderes versprochen, oder? Ist das nicht enttäuschend auch für dich? Oder sind einfach wir Männer es, die den Gesetzen nicht entsprechen können? Aber wie könnte sie, die Frau, das bei der Vernachlässigung der Frauen? Wie kann sie das, dachte Nastasja, wenn wir alle seit langer Zeit fünf Bücher des ersten Testaments lang von Männern geführt und verführt und geweissagt werden, wenn Frauen zwar eine besondere Rolle haben, aber das randständige Mitgemeintsein und sich botmäßig im zweiten Rang befinden dürfen, im nächsten, neuen Testament bis weit über das Mittelalter dann im Bildnis Marias mit alternden Männchen auf dem Arm verankert ist? Wie die vielen Pietas kundtun, mit schmeichelnder Hinterlist und bedingungsloser Hingabe zur allgemeinen Wirkungsabsicht taugen die Frauen, aber eben nicht für sich selbst, nicht in ihrer Konzentration auf ihre Schamhaare statt nur Scham zu sein, für das, was sie sind: ist das der Platz, den sie einnehmen, das Begehren zu verdecken, um das eigene radikale, rückhaltlose und hartnäckige Begehren nicht zu entwickeln, zu fordern? Thore insistierte in ihre Gedanken. Er sagte gar nicht leise: Es wäre zu mühsam, nicht wahr, männlicher Diener zu sein bei der langsamen Gewalt der sich aufbäumenden Flut, den Wellengang muss ein guter Liebhaber erst einmal in Gang setzen, bewegen, schaukelnd sich einfühlen oder behutsam ergreifen, nicht wahr?

Nastasja wurde rot, sie fühlte es selbst, wie ihre Wangen wärmer wurden. Es könnte aber auch Liebe sein, entgegnete sie, sich sofort entzündende Liebe, nächtlich an einer Tankstelle, auf einem Wiesenweg, in einem Supermarkt, in einer U-Bahn, sich gegenüberstehend oder sitzend. Eine tiefsinnige Gier, die ergreift und betroffen macht und ihr Echo, oder? Ja, tiefsinnige scharfe Erkenntnis, von Gesichtern, zwischen Augen und von einer Ähnlichkeit der Anziehungskraft ausgehend, einer historisch geebneten Struktur sozusagen, so wie bei uns. Aber wenn ich einen Mann kaufe und ich liebte ihn sehr plötzlich, wäre das für mich verheerend, verstehst du das? Abgesehen von den Blößen, die sich eine Frau gibt, die reines sexuelles Verlangen zeigt und auch noch dirigieren will – schließlich durften Frauen kaum Dirigentinnen sein, nicht wahr – bis heute. Das versteht jeder, warum. Nein, es gefährdete mich auch. Und es hat etwas auf sich mit unserem inneren, labyrinthischen Gang.

Und plötzlich fing sie an zu weinen und Thore schwieg dazu. Seine Augen quollen über vor Sehnsucht, das sagte sich so, aber Nastasja nahm es wahr, sie nahm es in sich auf, nahm es mit, übersah und vergaß es nicht, sie wurde sich gewahr, auch wenn sie bedauerte, dass es nur ein Moment sein konnte, den sie bewahren würde. Ein Moment des Lebens. Es war eine Liebeserklärung zwischen ihnen ausgesprochen worden, über alle Worte hindurch.

Nie habe ich über meinen jüdischen, mir unbekannten Vater gesprochen, nicht einmal gegenüber dem Arzt in der New Yorker Ambulanzstation am Flughafen mit Deinem Kontinentalkollegen nach meinem Ausfall, oder besser und genauer gesagt, epileptischen Anfall, sagte Nastasja plötzlich und merkte selbst, wie etwas Ärger in ihrer Stimme aufklang, mitschwang und in die Pause hineinreichte. Und es waren alle männlichen Erstgeborenen in der Aufzählung der Namen, so steht es in Bemidbar 3,4 - nicht wahr? Da ich da als weibliches Geschöpf nicht die maßgebliche Rolle spiele, historisch, biblisch, sozial, kann ich zumindest von meiner Person Dir gegenüber reden, es geht uns schließlich doch an, dass es mich nie etwas angehen durfte. Ein Tabu, bestehend aus zwei Männern aus zwei verschiedenen Religionskreisen und einer Frau. Einmalig getauft und einmalig entbunden davon, bin ich nur einseitig christlicher Herkunft und darüber hinaus weiß ich wenig – das Wenige wurde und hüte ich zum Schutz meiner Mutter und zum Ansehen von uns beiden. Mein Vater ist die durch Kultur, genauer, Literatur und Gesang vermittelte Tora, mit der ich hadere und mich auseinandersetze. Der Witz des unbekannten Vaters schlechthin besteht doch darin, dass er ohne seine Kinder gut auskommt. Während sie, die Mutter, unweigerlich die Verantwortung trägt, wenn sie nicht abtreibt.

Aber für die Gegenwart bin ich umso unerbittlicher, fügte Nastasja hinzu und schnalzte mit der Zunge wie Pinea, die gerne Grimassen schnitt, es bereits von ihr übernommen hatte, dachte Thore, wobei beide am Ende der kleinen Mundveranstaltung ihre Lippen so spitzten, dass ein Knutschmund entstand, der sich in die Breite zog und die Zähne sichtbar werden ließ. Ihre Tränen wischte sie meist mit dem Zeigefinger ab, schnickte sie mit einer gekrümmten Handbewegung weg. Die Liebeserklärung, die im Raum hing, hatte sich in der Kerbe ihres Kinns und ihren Mundwinkeln festgesetzt und irritierte durch eine hüpfende Bewegungsvielfalt, die das Kinn wie ein Dreieck hervorhob.

Ein Mann ehrt eine Frau, indem er sich Mühe gibt. Er interessiert sich mehr für die Frau als für sich selbst, je höher sie das sinnliche Vergnügen und die Nähe entfacht. Könnte das ein Freier, ohne sich zu verlieben? Bietet sich nicht eine Frau, deren Dienste und Körper gekauft werden, an als eine Form von Verhaltensweise mit körperlicher Beteiligung ohne Anspruch auf eigene seelische und sexuelle Bedürfnisse? Die Lust eines Menschen, Körper und Dienstleistung zu kaufen, ist eine andere als Fremdzugehen oder verzichtet das eine nur auf die langwierige Aufbauarbeit des anderen Modells? Wenn Frauen wie selbstverständlich Männertypen für sexuelle und allerlei erotische Dienste abrufen könnten, müssten sie dann erst ihre Scham verlieren? Und darum heißt das Haar vor ihrer Scheide Schamhaar? Ihre Art Begehren auszulösen und ihr Selbstverständnis wären dann aktiv ausgerichtet darauf, Lust zu bekommen und eine große Portion Einfühlsamkeit hinsichtlich der Handlungen, die zur Erweckung ihrer Körperreaktionen gehören. Das verdeckte und verschwiegene, tunnelartige Verschneckte im Zentrum will dann zugleich gefunden und umworben und herausgefordert werden. Und das männliche Verlangen dabei müsste sich zielgerichtet auf die körperliche Stimulanz und das weiblich vor Lust Vergehende richten, kommt hier nicht wieder die Jahrtausende während Scham ins Spiel?

Der Mann nimmt seine Hände, sein Glied, seinen Mund und erkennt die Frau, indem er sie zart und willentlich berührt damit, er verführt sie zum eigenen Fleisch, zum weichen Genuss ihrer selbst, zur Stimulanz ihrer verletzlichen, schleimigen, flüssiger werdenden, sich verhärtenden oder drängenden Muskelbewegung rund um den entzündenden Punkt der Klitoris. Er kann stechend mit der Zunge vorstoßen, ohne zu verletzen, er kann langsam sein Glied an ihre inneren Wände schmiegen beim Vor- und Zurückstoßen, bevor er heftiger wird, er kann warten, bis seine Finger einen Ansturm an Lauten hervorruft, ein Girren, wie bei Vögeln und Gevögelten üblich, sich aus der Tiefe der Kehle in hoher Stimmlage erheben, ähnlich wie perlende Schreie sich anhören können. Der Atem wird gemeinsam schneller; und in diese Lust ergießt sich eine tiefe Stille, nicht wahr? - und ich kann mir nicht vorstellen, dass diese offene und frei gelegte Scham, dieses Nahe – zu – sich – selbst - kommen, wenn auch noch so professionell oder routiniert vorbereitet, der Frau partout gegen Bezahlung verabreicht werden kann. Es gehört doch mehr als Mechanik dazu und weniger Gewalt, als die Männer gewohnt sind, selbst wenn etwas Wildes im Temperament einer Frau liegt. Die gewaltige Welle ohne Liebe, ohne Hingabe, ohne Anverwandlung eines eigenen Antlitzes, dem sie als weiblich sich offenbarendes Geschöpf vertraut? Ich glaube, dass das natürliche Wesen der Frau die Erniedrigung der Kostbarkeit ihres Wesenskerns, und das ist doch die Klitoris oder könnte sie sein, nicht für Geld opfert, nicht für Geld hergeben will, nicht für Geld mitleidig bedient werden will, sowenig wie kaltschnäuzig, verstehst Du?, fragte Nastasja.

Es mag Ausnahmen geben, Einladungen und entblößende Momente, die marktgerecht und situativ stimmig sind, und auch die Gier, aber dann doch mit sympathischem und verschmelzendem Charakter, denn das sind die Momente der Frau, die dem saftigsten Sein des körperlichen Lebens zwischen den Schenkeln ein Bewusstsein der Sinnlichkeit verschaffen, ein unmittelbares Bewusstsein, wie Hegel sagen würde. Das elementare Begehren bezieht sich dann nicht oder nicht nur auf den Voyeurismus des Mannes, seine Begierde, seine Energie, seinen Drang und seinen Druck oder seine Lust, sondern… -. Sondern?, fragte Thore sie, nachdem das Schweigen sich hinzog. Sondern auf den Reiz der Herausforderung, sich zu ergeben in einem Aufbäumen und Loslassen, einem Emporschnellen und Herabsinken ins Meer eines Strudels von energetischen Empfindungen, die körpereigen sind, antwortete sie. Thore lächelte jetzt. Seine Augen glühten, bekamen einen Glanz, und in einer Iris funkelten Lichter und versprühten einen schweren duftenden Charme. Aha, sagte er, das erinnert mich wieder an Bemidbar 12,6-9. Kam der Ewige zu Mosche, Aharon und Mirjam und sprach: so höret meine Worte. Wenn ein Prophet unter euch ist – als Ewiger, in der Erscheinung tu 'ich mich ihm kund, im Traumbild red ich zu ihm! Nicht so mein Diener Mosche, meinem ganzen Haus ist er vertraut. Von „Mund zu Mund", sichtbar doch nicht in Rätseln, die Erscheinung des Ewigen schaut er! Und selbstverständlich heute wie hoffentlich damals auch sie. Das werden wir jetzt gleich einmal ausprobieren, sagte er leise und ruhig, stand auf und bewegte sich auf seine Frau zu. Nastasja errötete. Es raschelte etwas, bis er vor ihr stand und sie die Augen schloss.

Illustration/Zeichnung: Nastasja und Thore in Liebe

112

Kapitel 5 Thore Baruch, 7. 0ktober

Es gab immer noch Tage, da wern jeweisen jute Zeiten for die Jidn…., an denen ihm die Worte für alles fehlten. Heute war so ein Tag. Ihm fiel der jüdische Witz eines Freundes ein, typisch und kurz, ein Mann bringt Mutter und Vater ums Leben und bittet dann vor Gericht um mildernde Umstände, da er Vollwaise war. Wie oft würde es Erpressungen in seinem, im Leben überhaupt geben, zumal im jüdischen, er war dessen nicht sicher und so müde, da er wusste, immer, immer würde es sie geben! Die Bilder in seinem Kopf kündeten auch von Verrat – viele der Opfer waren selbst vom Glauben an die Koexistenz geleitet gewesen und hatten ihnen vertraut, den Verrätern an ihren Ideen. Haus und Hof und Tür hatte man ihnen geöffnet, oft genug ihr Herz vergeudend. Die Stätten, das Festival, die Musik, der Gemeinsinn, den Aufbruch , das Kibbuz verbrannt. Eine Gabe war das Gute, eine Geste wie eine Spende, eine Spende entwachsen der Einsamkeit, wenn sie nicht fehlgeleitet wurde. Daran glaubte er immer noch.

Der schwarze Schabbat. Seit dem 7. Oktober fühlte er sich immer wieder gelähmt, unter Frost gesetzt, unfähig, etwas Feierliches zu würdigen, mit verdorbener Freiheit der Feierlaune. Seine Tränen waren nicht warm, nicht zu sehen, drückten nicht seine Augen zu, aber sie liefen in Strömen auf die Opfer zu, die Toten, die Lebenden, die wartenden, die vergewaltigten, die paralysierten, die woanders untergebrachten. Sie liefen ins unerträgliche Dasein, ins abgespeicherte Wissen für immer. Sie waren gefährdet, sie waren in Israel nicht unverwundbar. Sie waren umgeben von Feinden und auch von wenigen Freunden, und das Schweigen breitete sich aus zwischen den Gräbern und den Gräben, Heimatlosigkeit, wahnhafter Aberglaube bei Israelis und Palästinensern. Waren es Geschichten, die nur der eigenen Verwurzelung dienten? Ein Stachel im Fleisch, wie Freud das genannt hatte?

Das Gemetzel und die Ohnmacht und der Schrei, die irgendwo in der Kehle, in der Bauchhöhle, in seinen Eingeweiden steckten, sie alle lähmten ihn und schmerzten und machten ihn schwach und innerlich anfällig, wie lange schon nicht mehr. Und dann kam der Tag, dachte er bitter, als er an die vorletzte Diskussion mit Nastasja und die Liebesnacht mit ihr zurückdachte, an ihr Gewicht und ihr Haar, ihr Gesicht und ihre Verwandtschaft bis hin zur Haut, den Poren und den Falten. Ohne diese Erinnerung an die Liebesnacht, das wusste Thore Baruch, würde er sich nun zurückziehen von ihr, auch von ihr, der ganzen und auch der halben nichtjüdischen Welt. Wie im Traum dachte er in den ersten Wochen und Monaten nach dem 7. Oktober. Er ging durch seine Arbeitsprozesse wie durch einen Traum, ach was, er ging ihr nach oder vor ihr her, mehr war es nicht – und immer, wenn Nastasja ihn schweigend und prüfend ansah und anfasste, schrie etwas auf in ihm, und er verzog gequält den Mund.

Illustration/Zeichnung: „Israel is real": Massaker der Hamas am 7. Oktober 2023 vor dem Krieg (JFK)

Er spürte den Sog ihrer Anziehungskraft wie unter einer Bleiweste. Aber sie legte ihre Hand darauf und an dieser Stelle, begleitet von ihren Augen und dem Ansatz ihrer Nase, schmolz ihm etwas Gefühl zu. Ihre Augen sahen ihn nicht beklommen an. Sie streichelten ihn aus dem Krieg heraus, griffen in ihn ein und stoppten die Bilderfolge. Es blieb , wie es war – ihre Augen waren ein Sog, und er trank etwas von ihrem Gesicht und blieb an ihrem Mund hängen. Sie war wie die Berufene einer Gemeinde, und er versammelte sich um sie. So, wie der `Ewige Moscheh` geboren, so musterte *er* sie… nur, dass im Buch Bemidbar die Wüste Sinaj ausschlaggebend war und das Zwanzigste Jahr etwas galt und er schon über 50 Jahre zählte, seit einiger Zeit hier inmitten einer grünen Allee von Hanau, dieser Vorstadt des Rhein-Main-Gebietes vor den Toren Gelnhausens, wo er seine Praxis neben den Wohnräumen hatte, in der er hauptsächlich Gutachten schrieb, wenn er nicht in der Klinik in Frankfurt samt angemieteter Einzimmerwohnung arbeitete und außerdem ein Wohnhaus mit ihr sein eigen nannte. Die Stadt war ihnen – wie alles im Leben - eine zeitliche Bleibe.

Ja, sie waren beide die Gemusterten ohne eigene gemeinsame Nachkommen, aber das war noch ungeklärt zwischen ihnen. Und doch waren sie auch Leviten, die im Heim, im Heute ihrer Wohnung lagerten, um Zeugnis abzugeben von sich, und das ganze ohne zu töten, vielmehr mit Streitfragen über anderes Leben beschäftigt, obgleich es mit den Zwillingen und ihren beiden erwachsenen Kindern doch wirklich vollauf zu tun gegeben hatte und noch gab.

Thore Baruch seufzte, es kam ihm jedenfalls so vor, bis er merkte, dass es eher ein tiefes Ein- und Ausstöhnen war. Nastasja wünschte sich ein Kind von ihm, mit ihm ein fünftes und das erste gemeinsame. Er fühlte sich schon zu alt dafür-, er war es eigentlich auch. Und dann gab es diesen Streit zwischen ihnen, und sie zählte auf ihr Zelt der Zusammenkunft und das weise biblische Alter, das zum Aufbruch noch fähig war. Und so waren sie gemustert und nicht gemustert, je nach Umständen. Manchmal verstand er sie gut, und er meinte sich zu irren, dann war er es, der ein Kind haben zu wollen von ihr glaubte, während sie sich schon zu fortgeschritten als zu alt verstand. Sie sah ihn dann bezaubernd an und skeptisch zugleich. Sie begutachteten sich. Was war los mit ihnen?

Das nicht vorhandene Kind wurde zum Wunsch und Zankapfel, und die Welt schrie dazu im Chor, dass es ohnehin nicht nötig sei, ein Kind aus zwei religiösen und noch mehr Welten bei ständiger Umorientierung herauszufordern, oder eine Mutter, die zum Judentum konvertierte, was bei einer gesprenkelten Familiengeschichte zwar durchgehen mochte, ihr aber einige schmerzhafte Prozesse abverlangen würde und auch Verachtung und Überprüfung nicht ersparen würden. Dann das Geschrei von außen über Israel per se, er konnte es nicht mehr hören, den Holocaust als fatale Schande, als Kolonialwerk, wer sich am lautesten betroffen fühlte, hatte jedes Recht, und er wurde dabei zwangsläufig leicht autistisch, um nicht paranoid zu werden am eigenen jüdischen Selbsthass, obwohl er meistens von eingebildetem Selbstdünkel frei war, wie ihm zumindest enge Kollegen und Freunde versicherten.

Diese Abgrenzungssehnsucht zu allem nichtjüdischen Unverständnis, der beißende Spott und eine Art Überlastung durch dümmliche Selbstbehauptung, schauspielerische Possen, inszenierte Dauerkonflikte, Präsentationstechniken, die eher kulturelle Veranstaltungen, berufliche Kongresse und journalistische Erzeugnisse belebten als ihn. Er blieb sich selbst fern dabei. Mehrfach war er aufgestanden und hatte eine Art Pflicht erfüllt, die es ihm erlaubte, den Raum der Versammelten früher zu verlassen, wenn er nicht gerade auf einem Podium saß. Geradezu ausweglos war es, Außenstehenden das Judentum erklären zu wollen oder auch nur dessen Befindlichkeit aktuell, nach der Schoa, das, was auf israelischem Land beruhte, die Heimstätte in ihrer Bedeutung, wenn auch ambivalent empfunden angesichts staatlicher Rahmenbedingungen. Demokratie und Außengrenzen, die ganze Heterogenität der Einwanderungsgesellschaft, alles wurde zu theoretisch, zu viel BLABLA, es war ermüdend. Dann den antisemitischen Wellen etwas entgegenzusetzen, hatte er fast aufgegeben, einige seiner Patienten waren voll davon. Dort die Al- Quds -Demagogen, hier die liberalen Fantasien der Zweistaatenutopisten, aber wer kam aus ohne Utopien?, gab es doch unzählige Ermordete nach einem aktivistischen Dasein für Frieden als Realitätserscheinung. Wofür noch die

119

Psychologie, gar systemisch oder tiefenpsychologisch? Er konnte selbst jede Menge verhaltenstherapeutische Maßnahmen gebrauchen, um sich im Alltag zurechtzufinden.

Thore Baruch, ermahnte er sich wieder und wieder, Du bist auch nicht bei Dir, wenn Du so weiter machst. Du bist damals mit einer Leichtigkeit, ohne dich bedrängt und gekränkt zu fühlen, zu deinem Bruder gegangen, aber da weinte sein arabischer Schwiegervater noch nicht, ballte die Faust nicht, während ihrer beider jüdischer Großonkel mit einem Schwächeanfall reagierend vom Stuhl kippte bei einem Vortrag über Raketenbeschuss zwischen Gaza und Libanon und einem israelisch-palästinensischem Briefwechsel. Es reichte auch völlig, dass er ein Gutachten zu schreiben hatte über einen Sterbefall mit quasi chronisch-psychotischen Schüben, ein stationär aufgenommener Patient, der den russischen Überfall auf die Ukraine als Bruderkampf stilisierte, eine Israelfahne verbrannt hatte im eigenen Garten, von Konzentrationslagern und Enteignungen in der NS-Diktatur nichts wissen wollte. Er verdrehte die Diktatur zur Absolutheit bürgerlicher Herrschaftsformen mit anthropologischer Bedingung, bis in Vergessenheit geriet, dass zwar der eine Großvater Nazi-Funktionär gewesen war, der andere Großvater aber aus religiösen Gründen emigrierte, was den Mann bewog, mal dem einen und mal dem anderen recht zu geben. Man konnte es nicht wissen, und bevor man Gewissheit hatte, war man weg: wenn nicht im Krieg, dann in anderen Ländern, es war reiner Zufall und etwas dazwischen, so wie seine Existenz reiner Zufall war. Im Übrigen hatte der Mann eine jüdische Stiefschwester aus der zweiten Ehe seiner Mutter, die er pflegerisch betreut hatte, bis er einen Anfall bekam, palästinensischen Feta kaufte und seiner Schwester in den Mund steckte. Danach verbrannte er beide Fahnen, eine israelische und eine palästinensische und dabei sang er alte jiddische und ostpreußische Lieder. Da er sich zeitgleich auf seinen Tod vorbereitete, saß Thore nun an dem Gutachten zum Verbleib nach der Einweisung. Der Mann war akut gefährdet. Ja, damals war er mit einer Leichtigkeit, ohne sich bedrängt und gekränkt zu fühlen, daran gegangen, damals musste er sich noch nicht fragen, wo ist deine Konzentration? Damals also, als der Schock und die Lähmung noch nicht so tief saßen, dass sie weder Erwartung noch Hoffnung hervorbrachten, und Trauer seinen Allgemeinzustand nicht beschrieb. Damals also war er mit einer Leichtigkeit, ohne sich bedrängt und gekränkt zu fühlen, Nastasja begegnet.

War er bei dem Kindsein stehen geblieben? Dem äußeren Kind? Dem inneren Kind? Es war nicht mehr so einfach, das zu unterscheiden in Zeiten, in denen er nicht mehr mit Leichtigkeit, sondern bedrängt und gekränkt lebte.

Die Ernüchterung, die er erlebte, erstreckte sich fast auf alle Lebensbereiche. Während sein Land auch um sein Überleben, seine Identität kämpfte, saß er hier. Und wie lange würde das Überleben dauern? Wie erfolgreich war es? Wie viele Tote kostete es? Wieviel Zerrissenheit konnte es noch verkraften? Wer half ihm? Und dann war er wieder bei sich: und wer half ihm? Was konnte er hier tun, wenn er nicht dort war? Er telefonierte mit seinen Brüdern, die Pakete verpackten und Geld sammelten, aber noch nie war ihm so bewusst wie jetzt, dass sie auf der ganzen Welt zerstreut lebten, wie jetzt. Einer seiner Brüder, ausgerechnet der jüngste, würde nach Israel gehen, er saß schon auf gepackten Koffern. Er hatte am 7. Oktober einen Freund verloren, dessen Familie erwartete ihn, und dann würde er seine militärische Unterstützung anbieten. 100 Tage Krieg, 200 Tage Krieg, 300… Thore war sich bewusst, dass er nicht am Geschehen teilnehmen konnte, ohne seine Arbeit aufzugeben. Er war nicht in der Lage zu funktionieren, wenn er von den Geiseln zum Kibbuz Nir Oz und von dort an die Grenze ging, um gedanklich in ein Flugzeug zu steigen. Er hörte den Nachrichten zu, den Telefonaten, und las alles, was er bekam, WhatsApp-Nachrichten und EMails und Zeitungen. Aber er war momentan ein schlechter Psychiater, ein schlechter Ehemann und ein schlechter Vater und am schlechtesten ging es ihm mit seiner Passivität, während er fleißig war, um Geld zu verdienen. Es war an der Zeit, daran etwas zu ändern. Er musste sich etwas distanzieren, konzentrieren und im Hier und Jetzt lebend ankommen, sich Nastasja zuwenden. Israel rief „komm Du, kommen Sie jetzt", es zog ihn dorthin, aber er hatte so oft nach Nastasja gerufen und nun war sie da, offen für ihn, seine Wurzeln, seine identitären Probleme, seine Landesversicherung, sein kosmopolitisches Bewusstsein, sie liebte das, was ihn beunruhigte, bei ihm durcheinander ging.

Nicht zuletzt waren das die Stimmen, Rufe und Sätze der ihm anvertrauten Patienten über sich selbst und, darüber hinaus, auch über ihn und vieles. Das Leben, was ist das? Aussagen wie…ich empfinde das Leben als so sinnlos, so entleert, so unbedeutsam, so schal und banal, ich bin auch bedeutungslos, alles, was ich gemacht habe, ist hinfällig, vorgestrig, vergangen, zerstört, zerstoben, entfernt sieht mich der eine oder andere an, verflogen im Wind, verloren gegangen, ob Schönheit, Scharfsinn, Ehrgeiz, Visionen, Wärme, Glut. Die Gebrechlichkeit zieht ein in die Knochen, die Fragwürdigkeit des Daseins nimmt zu, die Aussichtslosigkeit, wirklich gemeint zu sein in Liebe ohne Verschlissenheit, bis jegliche Authentizität sich im Dunst von Vorgängen auflöst, mechanische Reaktionen, resignative Mühen und widerwillige Anstrengungen, eine Abkehr von sich selbst oder dem, was man gewesen zu sein glaubte, das Gegenteil von dem jedenfalls, was man mit Glauben und Sinn erfüllte, das sich etwas Erarbeiten, für etwas Einstehen, anderen etwas B eibringen, einen größeren Lebenszusammenhang erkennen, ein Vorbild sein zu können. Die Leblosigkeit, die dem Schmerz folgt, schreckliche Ereignisse von außen, die nach innen eindringen, die zunehmende Passivität während des Alterns, das Knochenmahlen, die zwingenden und bohrenden Knirsch- und Verschleißgeräusche in der Herz-Muskel-Gegend, Ängste des Ungenügens, erwartungslose Misserfolgsaussichten, die nicht zu meisternde Konkurrenz, im Vergleich zum Selbstbild hat diese schon immer gewonnen, eine Perspektive ist auch nicht erkennbar, obwohl noch keine verlorene Generation am Klimawandel im Ganzen gestorben war.

Thore Baruch, Anmutung Grübeln II

125

Was musste ich mir schon alles anhören über die Verlogenheit von Liebesgefühlen, die Widersprüchlichkeit von Empfindungen, die Ergebnislosigkeit von Versuchen, Verhaltensmuster zu verändern? Die Anhäufungen von Sinnlosigkeiten waren grenzenlos, wenn man den depressiven Stammkarteikern seiner Dateien auf dem PC ernst nahm, schauten mehrere hunderte Gesichter und tausende Geschichten monatlich oder zumindest jährlich bei ihm vorbei. Selbst wenn er einigen von ihnen helfen konnte – über bloße Medikamentenvergaben hinaus – war er damit weit entfernt, politische Weltzustände zu verbessern. Die Ironie des Omnipotenzgehabes war es ja, dass sie einen auf den bewussten Bedeutungsumfang reduzierte, den man -hypochondrisch sensibel - erkannte. Es war alles eine Frage von Maßstäben, welchen aber?, von wem gesetzt?, autorisiert?, erfunden?, gefunden?, gar nicht erst gesucht?, von vornherein verworfen oder maßgeblich unpassend? Damit konnte das Karussell sich wieder drehen, hier saß das Leben, dort der Sinn und beide verpassten sich ständig, bis der Verschleiß das bloße Gerüst stehen ließ, und die Mechanik rostete. Die vielen Gesichter gingen vorbei, seine Dateien verbargen diese Historie unter Zahlenkolonnen und tabellarischen Ordnungen. Wann und warum hatte er angefangen, diese Gutachten zu schreiben, zu bewerten, vorzutragen, er verdiente sein Geld inzwischen hauptsächlich damit, das würde sich auch ändern müssen, wenn er sich nicht bald fragen wollte, was seine Patienten ihn oft fragten: Was hat das Leben aus mir gemacht? Nicht aus mir gemacht? Warum nicht ich, können Sie mir das sagen? Immer die anderen. Das war auch so etwas, was oft durcheinander ging, auseinander lief, zerstückelt war bis zur Zerrüttung. Oft genug war es das Mühsamste in seinem Beruf, solche Versatzstücke zwischen dem Ich und den anderen zu reparieren. Kitt zu finden aus Lebensstoff, der heilsam für Risse aller Art war. Die Welt war nicht zu heilen, zusammenzufügen, auszustopfen, Verbindungen aus nie dagewesenem Material zu schaffen. Neue Formen des Überlebens herzustellen und traumatisches Gewebe nicht wuchern zu lassen, das war doch schon viel, fand Thore. War er zu eingebildet?

Wovon sollen die Menschen leben, fragte ihn Nastasja, an jenem ersten Abend hatte sie ihn das gefragt, vom Leuchten der Augen?, vom Flickenteppich aus deiner Reparaturwerkstatt oder den aufgebauten Regeln einer Übereinkunft, die Menschen selbst in einer Hand halten können? Ein totes Kind zum Beispiel ist und bleibt eine Tragödie, erst recht, wenn es durch den Krieg stirbt. Menschen sind nicht so einfach und lieb, wie du sie oft siehst, Nastasja, hatte er erwidert. Erst recht habe das zu gelten für Menschen, die ein totes Kind absichtlich verursachen, auch die gibt es. Thore war nicht laut, während er sprach, aber seine betonte Stimme bekam einen bestimmten kehligen Feinschliff. Damals hatte er an die Geschlechter Gerschons gedacht, wie sie in Bemidbar 4,2 als dienende Männer Frauenarbeit im heutigen Sinne zu leisten aufgefordert wurden beim Zelte der Zusammenkunft. Er wusste damals nicht, ob Nastasja damit viel anfangen konnte, dass Männer nicht nur für Zelttücher der Wohnung die Fürsorge zu tragen hatten, sondern auch sich um die Decken für den Eingang der Tore und Höfe und des Altars kümmern sollten. Heute wusste er es besser, sie hatten mehr zu lernen als Generäle oder Heilige zu sein. Thore kam auf sein Thema zurück. Würde es Israel gelingen, die Hamas zu schlagen, zu zerschlagen? Würden nur wieder Köpfe rollen und die Hydra viele neue bilden? Würde es auf lange Sicht einen akzeptablen Kompromiss zwischen Israel und den Palästinensern geben? Seine periodischen Überweisungen für Zivilleidende und Soldaten konnten nicht mehr sein als ein Tropfen auf dem heißen Stein und eine Willensbekundung, auch wenn er das eine oder andere Paket zusätzlich geschnürt und aufgegeben hatte. Der Schock blieb und die Angst um die seinen, die allgemeine Bedrohung des Landes. Wie dabei verschiedene Fäden in der Hand halten, ohne sie zu zerfasern? Er musste sich manchmal täglich mehrmals dazu zwingen. Krieg zwischen den verfeindeten Milizen und Israel, dem Iran sowieso, Evakuierungen, tote und lebende Geiseln, auch die Kinder im Gazastreifen, die hungerten oder starben und nichts für die Dummheit, den Hass und die Bejahung antiisraelischer Tunnelsysteme zur Kriegsführung gegen die Existenz des Judenstaates konnten, all das kreiste in seinem Kopf während der praktischen Nebentätigkeiten um Hilfspakete, Spenden, Telefonate, Flüge. Er würde nun für einige Wochen zumindest seine passive und aktive Teilnahme an allen Geschehen streichen. Sein Abwehrmechanismus musste Verdrängung für die Alltagspraxis zulassen. Schließlich, sagte er sich, Selbstbewusstsein leitet sich ab von `sich selbst bewusst sein`. Das war etwas, was depressiven Menschen oft schwer fiel, er musste es können.

Wie konnte man Depressionen heilen oder mindern, ohne Medikamente gegen Abwehrschwächen über Jahre zu verschreiben? Und selbst wenn das nötig war, sollte es einen Weg geben, einem Menschen darin zu helfen, sich nicht völlig verständnislos einer Welt gegenüber zu fühlen, die ihn mit Härte oder Kälte, Ablehnung oder Ignoranz oder wie ein dämonisches Gespenst behandelte, das man mit Ritualen, die allesamt das Vernichten und Ungeschehen machen zum Ziel hatten, in ihm selbst bannen. Die Depression als Krankheitsbild hatte viele Gesichter. Als er anfing sie zu studieren und noch nicht viel klinische Erfahrung besaß, war er davon überzeugt, den richtigen Schlüssel zu finden für komplexe Zusammenhänge, die einen Verlauf rekonstruieren ließen, der mit Erfahrungen verbunden war und mit inneren Umsetzungen. In andere Rituale übersetzt, erschien es ihm möglich, innere Vorgänge quasi umpolen zu können, das Handlungstraining sollte nicht nur motivieren, es sollte auch emotionale Strukturen neu besetzen können.

Heute glaubte er mehr denn je an die Sprache, an die Art und Weise, wie sie mit spielerischer Macht und einem vielfältigen Wortklang ein Verständnis zwischen zwei miteinander arbeitenden Menschen hervorrufen konnte, innere Vorgänge aufschließen, einem Menschen Schubkräfte verlieh. Nicht im Sinne eines ständig strafenden, peitschenden und erpresserischen Gottes gegenüber seiner Gemeinde, die ihn selten zufrieden stellen konnte, sondern im Sinne eines Anstoßes zum Aufstieg eines Selbstgefühls, das sich neu belebte, neu entstand aus den Bausteinen, mit denen er symbolische

Formen als Leben entstehen lassen konnte – gemeinsam mit den Patienten. Wenn sie nicht vorankamen , kam er es auch nicht.

Na ´im me´ od. Sehr angenehm. Kommen Sie herein, setzen oder legen sie sich, machen Sie es sich bequem, ich höre zu, ja, ich reagiere auch hin- und wieder, ich halte mich zurück, das versteht sich von selbst in meinem Beruf, aber es geht nur im Dialog eines Sprachflusses, der Sie nicht allein zurücklässt, Sie sich selbst überlässt, ja, Sie müssen sprechen, nein, sie können das lernen, ja, ich weiß, dass es Dinge gibt, die durch Sprache sich nicht auflösen, ja, nicht einmal sich treffen lassen, aber wir haben nichts Anderes, es ist, wie man in Israel sagt, eine geheiligte Sprache in uns. Ich kann also nichts Besseres erfinden, symbolische Formen in Spielweisen können hinzukommen, gewiss. Sie können natürlich auch sehr lange schweigen, immer wieder und ausdauernd, aber das füllt auch Bände, Ihr Schweigen, glauben Sie mir, das Gemütliche und das Ungemütliche, das Verbitterte und das Hinwegseiende, das Berechnende und zwanghaft sich Zurückhaltende wie das durch andere Geräusche sich Artikulierende, nicht zuletzt der Atem, der in Etappen seiner Hörbarkeit mitteilt. Ja, noch vor dem Tod sollten wir darüber reden, über den kleinen Tod, der sehr genussvoll sein kann, der schubweise und lähmend kommt, wenn die Tabletten überhandnehmen, oder über den Tod in uns, der Leben in verschiedenen Kanälen austrocknet, reduziert und entkräftet.

Ja, die Sprache. Thore Baruch kannte wunderbare Beispiele dafür, ausgehend von seinem Namen. Ani. Ich bin und der Herr ist eine Wolke. Der Ewige ist langmütig und voller Huld, vergebend Sünd` und Missetat, lässt aber doch nichts unbestraft, ahndend Sünde der Väter am dritten und vierten Geschlecht. Vergiss doch die Größe Deiner Huld, dachte Thore mit Moshe nach Bemidbar 14,18 und der Ewige sprach: Ich vergebe nach Deinem Worte. Voll der Herrlichkeit des Ewigen ist die ganze Erde, das war der Ansatz seiner Sprache, kein Strafstoß, kein mutterloses Los, und schon gar nicht die Knechtschaft des ewigen historischen Krüppels, vielmehr war die Atmung zum Laut zu bringen, so wie Du geredet, als Du sprachst, und diesem ein Ichgefühl einzuhauchen, war antidepressiv. Für ihn galt das, wenn auch nicht selbstverständlich. Seine Eltern hatten versteckt überlebt oder wurden in extremtraumatischen Zwischenzeiten geboren, seine Großeltern, sofern er sie nicht an die deutschen Nazis verloren hatte, waren zeitweise mit falschen Dokumenten versehen worden. Er hatte eine Aufgabe, er wurde gebraucht. Diesseits und jenseits des zukünftigen Horizontes gab es ein großes Ganzes.

Illustration: Thore Baruch Anmutung III

133

Kapitel 6 Elena

Elena blieb diesen ganzen Sommer in Gruissan im Haus von Tante Ava und Miranda. Ihre Tante machte zwischendurch einen Abstecher nach Hanau, da sie ihrem Schwager bei der Betreuung seiner in der Adoleszenz steckenden Töchtern aushalf, während sich ihre Schwester Nastasja im Ausland befand, wie sie ihr berichtet hatte, um dann verändert wiederzukommen, wie sie wohl ernsthaft meinte. Ava dachte sich ihren Teil, manche Phasen zu zweit verlangten Besinnung allein für sich. Die eineinhalb Monate ihrer Abwesenheit nutzte Elena, um die Eigenarten des Aude- und Hérault-Gebietes, die okzitanischen Landesteile bis zu den Pyrénées-Orientales hinunter, die Legenden der Katharer Geschichte, das Meer und die Küste Gruissans zwischen Ile St. Martin, Hafen und Altstadt bis hin zu seinen Les Ayguades und hinter Ortschaften wie Fleury d`Aude zu schauen und so viel als möglich zu erkunden. Damit sie Miranda nicht auf die Nerven fiel, und um etwas beizutragen, half sie als Teilzeitmitarbeiterin in einer kleinen Bäckerei aus.

Illustration Elena Rosocha, Antlitz

136

Sie war eine aufblühende, sich entfaltende Schönheit mit wehendem oder schlangenhaft hochgestecktem Haar geworden, und wenn sie es offen in einem Tuch trug, das wie ein Haarkranz von einer Stange gehalten wurde, fiel es an den Rippenbögen vorbei in schweren, dichten Wellen mit goldbrauner Reflexion im Sonnenlicht über ihre Brüste und Schultern. Die Strenge, mit der sie im Duett trug, kontrastierte stark mit der Dynamik des offenen Haares, das immer an irgendeiner Stelle zu springen oder zu wippen schien. Es wirkte zudem wie in verschiedene Sorten von Honig getaucht, wenn sie es nicht regelmäßig wusch und bürstete – es war ein Erbe ihrer dunkel getönten Mutter, die zu früh grau geworden war. Lag es an ihrem Vater, der sich zu verloren gefühlt hatte, um bei ihr und ihnen zu bleiben? Ob er sie manchmal vermisste, vermisst hatte? Der Schmerz über seine Abwesenheit glich einem Symptomschmerz, der Tradition hatte. Ihre Mutter hatte ihrer Mutter zuliebe die stets anwesende Abwesenheit eines verborgen hinter dem familiären Erzählstrom in vager Erscheinung auftauchenden Mannes verschwiegen. Sie war, vielmehr ihre Kindheit, war mit einem Ehedrama ausgestattet, das zu einem tödlichen Autounfall geführt hatte, bei dem sie mehr als die Eltern verlor. Sie hatte auch verstanden, dass der ihr bekannte Vater eine Art Ersatz war für jenen anderen Unbekannten. Ihre Mutter Nastasja hatte sich nie die Mühe gegeben, den Überresten des anderen, leiblichen Vaters so nah auf die Spur zu kommen, dass sie ihn hätte ausgraben wollen, um seine DNA untersuchen zu lassen. Sie wollte kein Aufsehen erregen, dem Ansehen der Frau wegen, die sie geboren hatte, der Mutter zuliebe, der anderen Religion wegen und vielleicht auch, weil sie sich für das ganze Tohuwabohu schämte. Außerdem ahnte sie, mit ein paar Daten und Bemerkungen versehen, genug, um komplizierten Erkenntnissen und Ansprüchen aus dem Weg zu gehen. Schließlich hatte niemand sich für ihre Gefühle interessiert und das Geheimnis war ihrer Mutter so heilig, dass sie quasi mit ihm geboren wurde. Es lag somit immer in der Luft, nicht nur, wenn ihre Mutter sich erschrocken dagegen gewehrt hatte, es war auch ein Teil ihrer Begabung geworden, ein Teils des Soseins von Nastasja. Elena seufzte, bewunderte ihre Mutter ein wenig dafür und fand ihre Familiengeschichte dennoch verrückt. Ein Bibabutzemann war ihr Großvater jedenfalls nicht gewesen, aber einer, der junge Frauen als stationäre Wesen mit auf seinen Weg nahm. Ein Abenteurer wie sie? Elena grübelte. Das Leben müsste mich von innen oder außen umstülpen, dachte sie, ist das eine Sehnsucht, viele Saiten von mir aufklingen zu lassen, die ich kaum beachtete? Jedenfalls hatte sie von Thore Baruch, dem Mann ihrer Mutter, viel gelernt; und sie mochte ihn sehr. Sein Beruf hatte mindestens ebenso Tiefen, Weiten und Höhen, wie sie bei Tante Ava durch deren Lebenserfahrung erschienen.

Illustration: Elena – Gruissan

Einmal bat Elena einen Fischer, sie mitzunehmen auf einem Kutter unterwegs zum Krabbenfischen. Sie warfen später die Netze aus, darin landeten neben Krabben auch Krebse, Fische und Muscheln, sie warfen diese zurück ins Meer, in das Wasser, es blieben nur die Krabben und Muscheln übrig, gekocht wurden diese erst nach dem Aussortieren und Durchschütteln und vor dem Einpacken in Kisten.

Die Fänge werden auf dem Markt verkauft, Elena hilft beim Verkauf, obwohl sie wenig Fisch isst und über jeden Fisch froh ist, der wieder ins Meer geworfen wird. Voilà, das sagt sie aber nicht. Zwischen den Seen, entre deux mers, liegen die roten Sandbänke und es pfeift der Wind, Tramontane heißt er, sein Lied ist scharf und sanft, und sie summt vor sich hin. Pierre redet wenig, auch wenn sie an der Île St.Martin vorbeikommen, wo sein Namensvetter, der französische Schauspieler und Komiker, sein Weingut hat. Sie kannte ihn vom Markt und sie kamen sehr schnell überein, sich gelegen zu sein; sie braucht eine praktische Tätigkeit an der Küste, er braucht Mithilfe, weil keine Praktikantin in Sicht ist und seine Enkelinnen ausgegangen sind irgendwohin oder nirgendwohin. Beim Verkaufsstand kamen sie ins Gespräch über die Küste, die Inflation, die müde Saison Anfang Juli und die Hoffnung auf Besserung im August. Es ist die Lebhaftigkeit seiner sehr dunklen, braunen Augen, von einem Kranz Fältchen umgeben, die fast von einer Seite zur anderen rollen, wenn Pierre spricht und sein breiter Mund sich dabei flächig über das bewegliche, weiche Gesicht mit den schon etwas schlaffen Wangen zieht. Die leichte Kerbe unterhalb der Wangenknochen zeigt seine Ausgezehrtheit, er hat seine Frau schon vor Jahren auf dem Friedhof begraben lassen. Sein dunkles Haar ist nur an den Schläfen schütter. Manchmal wischt Elene im dunklen Flur seines schiefen, aber malerischen Wohnhauses ein bisschen Staub, einige Fliegen, Sand und Essenskrümel weg und stopft ihm ein paar Löcher in den Socken oder am Ärmel, nachdem sie aus einem antiken Nähkästchen aus dunklem Nussbaum ein zusammengeschnürtes Päckchen Nadeln, Zwirn und Faden und eine Schere gezogen hat. Sie reden fast kein Wort zusammen während der Fischerei, aber manchmal ruhen seine Augen gedankenvoll auf ihr.

Sie schlafen einmal miteinander, und es ist phantastisch. Es ist auf dem Boot, inmitten leichten Schaukelns, das sie aber nicht mehr wahrnimmt. Es ist nur einmal, es wirkt irgendwie verschwiegen, als sei es nicht erlaubt, er ist noch nicht im Rentenalter, aber das sind Fischer und Landarbeiter selten vor ihrem 60sten, und sie ist noch jung, Anfang der zwanziger Jahre. Er hat sein Leben gelebt, das glaubt er jedenfalls, sie habe ihres noch vor sich, so sagt er. Er ist ein Fischer und Bauer vom Land, mit dem eingekerbten Gesicht des Landes im tiefsten Süden, sie eine Städterin aus Europa, die flieht, zu sich selbst kommt, sucht, wer weiß das schon. Was sie findet, ist die Wärme in seinen Armen, den Geruch nach würziger Luft, einem Gemisch aus Tang, Algen, Schweiß und herber sehnsuchtsvoller Haut. Er muss seine Frau sehr geliebt haben, oder er hat sie

142

sehr gut gekannt oder er muss etwas nachholen. Er braucht keinen Blowjob.

Warum ist sie so jung und weiß schon so viel, wundert er sich.

Grafische Illustration Elena, Nastasja, Anmutung jung und alt, hell

145

Das schwappende Wasser, das angeleinte Boot, dessen Motor ausgeschaltet war, die Stille, nur unterbrochen von einzelnem Möwengeschrei und den sirrenden Geräuschen, die der Tramontane beim Vorbeirauschen an Kiefern und Wassergräsern hinterließ, all das ist wahrnehmbar, aber unwichtig geworden.

Elena spürte die ovale Innenfläche der Bootswand wie eine Mulde in ihrem Rücken, die ihr Schutz bot und feste Form, während sie mit der Zunge seine Hoden schaukelte und ihre Finger seine Eichel feuchter und feuchter machten. Sie massierte mit einer Hand die weiche Haut seines Innenschenkels, sie biss ihn leicht in den Po und, ohne sich vom Bootsrand zu lösen, bog er eines ihrer Beine hoch und streichelte erst die außen und dann die Innenlippen und tippte mit dem Zeigefinger an ihre Klitoris, dem anschwellenden Punkt ihrer Gier außerhalb des Herzens, rieb an ihrem Gang, um sich selbst mit einem Ruck nachzuschieben. Der kurze Moment des sich öffnenden und geschlossenen Stillhaltens beim Dichtmachen war ein Genuss. Das Echo folgte der Gier und die Gier suchte das Echo, er bewegte sich so langsam und gleitend und stieß sie doch an, dass sie bei jedem Rückzug in Bewegung wartete auf seinen erneuten Druck, die Welle in einem Bogen hoher Tonart, die er aus ihr herausstrich, spross in einem sich steigernden Fluten, begleitet von Quelllauten aus ihr, sie lagen an ihrem Busen der Natur und verharrten. Seine Kraft war erschöpft, und erschlaffend blieb er in ihr, ihr nah, die Berührung suchend ohne Enttäuschung. Er hatte sie einmal kurz genommen davor, wie es Männer in Selbstverlorenheit und Sehnsucht tun, und sie hatte ihm ihr Aufstöhnen gegeben, ebenso ihr Erschauern als Mitteilung von passiver Lust. Was er jetzt noch wünschte, wusste sie nicht, sie wünschte das Ineinander, reglos bleiben sie ungewöhnlich lange liegen, bis die Starre und das Frösteln zunahmen.

Und während sie sich schweigend anzogen, wusste Elena plötzlich, was sie zum Lächeln brachte, hier bei ihm, in dieser Sonne, bei den Leuten auf dem Markt, unter den Menschen, beim Kai-Blick auf die größeren Jachten und kleineren Palmen und den bunten Würfelhäusern neben ihnen. Sie saß wie auf einem Stuhl und spürte ihre Schnecke, ihre Muskeln, sodass sie das eindringliche Druckgefühl bekam, dass eine Lust bis in den Gebärraum zur fruchtbarsten Lust einlud. Sie schloss kurz die Augen und nahm den Druck auf, das Außen wanderte ins Innere.

Aber das war es nicht, was sie die Leute verstehen ließ, es war der Blick, den sie ihr zuwarfen, und der Gruß mit halb geöffnetem Mund, die weichen Gesichtszüge und zurückgeformten, tiefer liegenden Augen. Sie sprachen von Arbeit, die sie besuchen kommen sollte, von Neugier, die sie mitbringen möge, von der Akzeptanz ihrer Wichtigkeit und ihrer Bereicherung, dem Abstrahlen und Aufhellen ihres Antlitzes für sie. Und sie sah Miranda viel bei der Arbeit zu und lernte dabei Französisch und fragte sich, was aus ihr selbst werden würde. Sie hatte eine Abneigung

147

gegen die Unfreiheit und Unfreiwilligkeit beruflicher Zusammenhänge. Sie hatte die Fähigkeit geerbt, ohne Uhr die Zeit fühlen zu können, und es reichte ihr, worüber sie verfügte. Aber Selbstverständlichkeit war etwas anders, reale Bodenbeschaffenheiten, bezahlbar und selbst verdient. Bald würde ihr Bruder Thomasz eintreffen, in vielerlei Hinsicht hatte sie durch ihn selbst in Ruhe zu sich kommen dürfen, aber keinen konkreten Studienwunsch, keine Ausbildungsidee hatte sie früher lange zielorientiert verfolgt. Im Gegenteil, sie sah aufmerksam Zielkonflikte auf sich zukommen. Die Kleinigkeiten des Lebens, les choses de la vie, die aufmerksamen und geraden Blicke und das leichte Lächeln der Menschen, die bescheidenen Verhältnisse nicht verbergend unweit der zurückgezogenen Villenviertel mit Pool hinter Mauern, die Haltung der Franzosen beim alltäglichen Bedarfsgang, etwas lärmend, etwas sanftmütig, manchmal scharf und hektisch, ihre sprachliche Bemächtigung über alle Halbheiten hinweg machten Elena erst auf das gefasst, worauf sie hinauswollte.

An kaum einem Ort, den sie kannte, war die Sonne so hell wie im Süden Frankreichs und nirgends hatte sie so viel Platz gehabt, um zu werden, was sie vielleicht sein konnte, würde sein können, wenn sie einen Plan von sich selbst hatte. Ihre Aushilfe, mal in einer Bäckerei zwischen zwei Stadtteilen am Straßenrand gelegen, mal als Restauranthilfe am Hafen arbeiten, mal für eine institutionalisierte Organisation für bedürftige Kinder und alte Menschen, zwischen Recherchen über Aktienkurse, Kunstauktionen und Aktiendividenden nach dem Vorbild ihres Bruders, das hatte sie alles getragen, über Wasser gehalten. Aber das reichte nicht; und Elena wusste, dass es keine Trödelei gewesen war, aber jetzt Zeit wurde für sie, für einen Berufsweg, eine solide Ausbildung oder ein Studium, das sie in eine maßgebliche Richtung bringen würde. Sie dachte daran, worüber sich ihre Mutter und Thore jetzt – ihren Briefen nach zu urteilen – unterhielten.

Was sie dachte? Auf der metaphysischen Ebene sind alle Toten gleich. Sie sterben als liebende Scheidende oder Feinde, im Akt der Selbstverteidigung, sie wachsen wieder heran im Geist der Verstorbenen und das Land bevölkern sie mit archaischem Willen. Gibt es zu wenig Land? Nein, es gibt eine Sichtweise, die die andere ausblendet, und den Unwillen, die, die lange Jahrhunderte nicht auf dem Fleck Erde, der Heimstätte gewesen waren, wohin sie eigentlich gehörten, zu dulden, zu bejahen, zu heiligen. Wenn der Krieg da ist, musst Du hingehen, nicht wegsehen, hieß es, sonst kommt er zu Dir. Unter anderem Brecht hatte das geschrieben. Nicht wieder sinnlos zu sterben, die deutschen Taten waren besonders böswillig und in ihrer Grausamkeit gewesen, diese Dimension hatte im Nahen Osten inzwischen eine Bedeutung, die den Juden nicht nur den Glauben und die Kraft rauben sollte, sondern auch den Platz. Und nicht alles Zurückschlagen ergab einen Sinn. Es gibt also kein Gehen, es gilt das Bleiben. Es war ein Kulturkampf zu gewinnen – aber auf der weniger abstrakten, weniger militärischen Ebene konnte kaum ein Kind etwas dafür, dass unterirdische Tunnel unter ihm existierten. Elena war sich ihrer Privilegien andauernd bewusst, und sie träumte, in Umkehrung dazu, ständig vom Krieg, vom Gemetzel, von den Opfern auf beiden Seiten im gelobten Land. Dennoch gab es Tage, da ging es ruhiger zu, das waren die intensivsten. Sie lernte sich mit der vermittelten Spontanität anderer besser kennen als jemals zuvor in ihrem Leben.

Illustration: Kaffee, Tränen & Kohle(JFK)

Kaffee, Tränen & Kohle

Preisgelder, Preisträger, Preisvergaben schwirrten Miranda im Kopf herum, als Elena eines Abends spät vom Sortimenthandel und dem Auspacken von Waren genug hatte und etwas früher als gewöhnlich, statt erst nach Ladenschluss, gedankenvoll nach Hause kam. Sie saß am Schreibtisch und schrieb einen Artikel über das grundsätzliche Lebensgefühl im Kulturbetrieb, das sie kannte, darüber hinausgehend über das offene und das nicht wahrgenommene Kabinett von Eitelkeiten und die dazugehörigen Zeremonien bei Jubiläumsveranstaltungen. Es wird so viel und so oft gelogen bei solchen Anlässen, dass man es fast für eine glaubwürdige Inszenierung von Darstellungskünsten halten mag, murmelte sie vor sich hin, als Elena über die Veranda ins Wohn- und Arbeitszimmer ihrer Tanten eintrat. Es werden Leute herumgereicht, die nicht nur als Sprachrohr für eine Generation dienlich sind, das könnten viele sein – sondern die, neben monetären Aspekten der Verlagsbetriebe, in ihrer Funktion für einen Moment der Geltung über sich selbst hinaus die Preisvergebenden auch noch ehren, legitimieren, System erhaltend wirken und referentielle Dienste leisten, die als Spiegel eines politischen Kalküls dienen.Es werden Gruppen oder Personentypen genutzt zur Selbstaufwertung und zur Produktionseffizienz. Kulturindustrie eben. Aber wo ist die geneigte Leserschaft von heute, die das versteht? Die Selbstaufzehrung des Geistes in digitalen Bildweltströmen und im Fischen nach Prominenz, bei taumelnden Buchstabengrößen macht uns zu den alltäglichen Schraubstellen, gepaart mit Machtlosigkeit einer Zuschauerschaft, die den Eliten

153

gefällig ist. Wenn wir, aus der europäischen Aufklärungsphilosophie und der französischen Revolution von 1789 kommend, noch alle Tassen im Schrank behalten wollen, dann können wir auf demokratische Utopie und den Versuch, etwas davon in Pragmatik umzusetzen, nicht verzichten - oder?, fragte Miranda halb sie und halb sich selbst, und Elena verstand es, etwas Verzweiflung herauszuhören. Elena zögerte.

Sie sah vor ihrem inneren Gesicht eine zarte Blondine mittleren Alters mit Dutt und schwarzem, kniefreien Hosenkostüm und glänzender Tasche am Strand herumlaufen und direkt auf sich zukommen, und, so wenig man in diesem Aufzug in den See oder Meeresarm springen würde, so wenig passte sich ihre Antwort an das Gesagte an. Vor ihrem geistigen Auge entstand eine Umarmung aus Kopfsprüngen und Geistesblitzen und ekstatischem Hautprickeln und funkelnden sinnlichen Augenblicken, die nicht aufhören würden, die Dummheit und den Schwachsinn mit romantischem Sinn zu verklagen, wenn nicht mehr Zahlen und Figuren als Schlüssel aller Kreaturen das mystische Universum von Novalis beugten, wie eben jetzt beim aggressiven Angriffskrieg in Osteuropa, und wir uns mit uns selbst auf Gott in unserem Körper verständigten, sozusagen schicksalslos atmeten wie die Himmlischen. Das waren nicht nur Hölderlins Klagen, nicht wahr, es schwinden, es fallen die leidenden Menschen, blindlins von einer Stunde zur andern wie Wasser von Klippe zu Klippe, so sind wir geworden, ja geworfen, jahrelang ins Ungewisse hinab. Miranda schien immer noch auf eine Antwort zu warten.

Wir haben , nach dem, was passiert ist, nur die Möglichkeit, das letzte Wort zu behalten, wenn wir uns diesen Sinn erhalten, kein Perpetuum mobile sein zu wollen, wie es Bettina von Arnim ausdrückte, du kannst sie am Bett von Rahel stehen sehen damit, sagte Elena.

Ich sehe auch auf der israelischen Seite des Grenzstreifen zu Gaza Kinderhände abgeschnitten und Hälse und weggeworfen, blutbeschmierte Gliedmaßen abgeschnitten, lebende, auf den Knien gekrümmte Mädchen verbrannt, von Horden vergewaltigt und zu Tode geschlagen, die Kugeln in die Körper geschossen, die Gesichter zur breiigen Masse und Unkenntlichkeit zerstört, die Brüste abgeschnitten und, wie im Ballspiel zum Vergnügen, in die Luft geworfen, johlend, stöhnend, die Gier, die die Schreie auslöst, die Qual hervorrufen, um sich im Blutrausch daran zu ergötzen, Menschen zu Trophäen zu machen, Menschen bestialisch zu zerstückeln, mit der menschenfernsten und handgemachten männlichen Gewalt im Blutrausch zu morden, kleine Judenkinder abzuschlachten, sich an deren Ohnmacht und deren Betteln zu weiden, an der Angst, an der Blut beschmierten Unterhose, das dumpfe   der niedrigsten Instinkte geistig debiler,   junger aggressiver Männer im Blutrausch und Hass, eine Horde Affen ist nichts, absolut nichts dagegen, diese Schwänze und Muskeln und ein Hirn, so weit von Gott entfernt, dass es schrumpfen müsste beim Zusehen, ein Klumpen seiner Aktivitäten; sie nennen es die Nähe zu Allah und ertrinken nicht im Blut der anderen, in den Schraubstöcken und Nägeln und Ästen und Metallklemmen, die sie kleinen und großen Mädchen in ihren heiligsten Ort hämmerten,

Vergewaltigung, die mit Widerstand null zu tun hat. Es ist die absolute Bemächtigung durch Zerstörung, der heiligste Gral, den die Frauen einem Volk spenden, zu zerstören und die Freiheit und den Tanz und die Musik und die Freude zu schänden mit sich selbst, ganze Familien auszurotten und deren Leben auszulöschen mit der bloßen Hand, die es mit Vernichtungswillen blindlings und wahllos und doch genau geplant und rational kalkuliert und lange vorbereitet hat, am helllichten Tag bei Tausenden Menschen war das anzuwenden - und wenn es möglich gewesen wäre, auch bei Zehntausenden und Hunderttausenden. Wenn Männer Vieh sein können, wie auch Achilleus es war, haben wir Frauen offen und weich und wund, wie wir sind, die Verbrennungen und den Tod bei lebendigem Leib während des Gewaltakts und Samenergusses nur mit einem romantischen Rachefeldzug oder dem Gewehr zu beantworten. Elenas Stimme kletterte zum Schreiton hoch.

Meinst Du das, fragte Miranda, wie kommst du darauf, in dieser Situation, beides zu verbinden? Hast du ihre unförmigen, verquollenen, verhüllten Weiber gesehen mit aufgedunsenen Gesichtern und, frühzeitig gealtert, unglaublich verschmäht, ihre Körper benutzt zur Pose einer Gott ist groß - und ich bin sein unterwürfiges Dasein, diese Prophet-Phantasie , ein Herrscher über diese Demut, die eine glanzlose, immer gleiche Art des wabernden Teigwesens hervorbringt, die zur Unterordnung und zum Hofieren des Mannes da ist, dagegen der Stolz und die Schönheit dieser lebenslustigen jungen Menschen, die man ermordete, das Unterjochen gilt ganz biblisch dem anderen Volk, wo ist der Mythos arabischer Frauenlegenden? Sie

156

haben nicht nur Kinder und Frauen geschnetzelt, sie haben ihr Tunnelsystem zur Fundgrube gegen jegliches Jüdischsein, jegliches Weiblich-Sein, jegliches westliches Anderssein, gegen jeglichen individuellen Freiheitswillen, sogar jeglichen Friedenswillen und Kooperationsaktivismus gemacht, sie halten uns für dümmer als Tiere, diese Männer und sind schlauer als bloße wahnhafte Monster. Ihre Lust zu töten, zu jagen, Beute zu machen und zu quälen und sich an ihrer sexuellen Gier zu weiden, die ihnen die Kraft gibt, sich zum Herrschen aufzuschwingen mit dem Recht des Stärkeren, der sich bewaffnet hat gegen Wehrlose, Familien und selbst Männer und Frauen, die Zweistaatenlösungen und Kooperativen im Sinn hatten, und die feiern wollten ohne die absolute Lebensvernichtung ihrer Einzelteile als Gliedmaßen in einem größtmöglichen Perversionsschauspiel in Auslöschung ihrer selbst zu erleben. Die Hamas ist eine Krönung, die in der Historie gleich hinter dem deutschen Massenmorden der NS-Schargen und Kommandowilligen der SS kommt und dann von Stalins ideologischem Tötungswillen berührt wird, von allem, was totalitär ist.

Kein einziger Mann kann so krank und klein sein, zu glauben, dass, wenn er das Baby tötet und die Frau eines anderen Volkes bestialisch zerstört, dass er dann, als Märtyrer gefeiert von seinem Gott, ein Mensch geworden ist, außer, er ist so fanatisch und besessen, dass er eben kein Menschsein mehr beachten muss. Es ist nicht nur ein Kampf ums Leben in einem Religionskrieg, um Staatsgebiete und um Machterhalt von Kulturen. Es ist entfernt von einem

157

palästinensischen Traum, auch wenn viele jubelten. Es ist so , dass mein romantischer Sinn eine schwarze dämonische Seite zeigt, und, dass im letzten Wort den Kampf aufnehmen wie nicht nur israelische Frauen es tun , auch mich zur Kriegstat treibt, was unsere Sehnsucht sich zu verteidigen ausdrückt, ihre Zerstörung nicht zu bewilligen. Ohne Unterlass werden sie töten können, aber niemals unsere Herzen besitzen, niemals Größe erreichen, keinen Einlass bekommen in jene weltliche Welt, die sie beneiden und verabscheuen und abgrundtief hassen, sich gedemütigt fühlen, da sie nicht mehr die Herrscher über den ganzen Orient und halb Europas sind. Es sind und bleiben gewaltige Männer ohne Vergeistigung, sie haben damit auch die Alhambra und ihre schöne, feinsinnige Kunstfertigkeit in sich zerstört. Ich spreche ganz romantisch das Todesurteil über diese Mörderbande und staatliche Befürwortung eines arabischen Machtmobs aus, gebe ihnen ihre Urteile über andere zurück, die der eigenen Suren nicht wert sind. Sie haben Scheherazade besudelt, ihren eigenen Mythos nicht verstanden und werden ihrer Romantik bar, ihrer Märchen nicht gewahr. Was sind ihnen ihre heiligen Frauen?

Aber das, Deine Abscheu und Enttäuschung und die Thronschändung arabischer Weisheit, Medizin und Philosophie und wahrhafter Hingabe zum eigenen und fremden Geschlecht, ändert es noch nicht, Elena, sagte Miranda betroffen, die Ohnmacht und die Macht haben sich deutlich auf diesem Planeten offenbart, und den Antisemitismus, den Antijudaismus rottest Du so nicht aus. Nicht das ideologisch-manische Denken, nicht die Leere und Grausamkeit hinter arabischen Märtyrerphantasien, die ihrem Gott, oder was sie davon halten, einen Allanspruch geben. Weder Immunität, Gleichgültigkeit, Nichtexistenz, noch irgendeine Regung eines Gefühls als Hemmung, Lähmung ihres Tuns, Umdenkens zugunsten der palästinensischen Kinder geben sie von sich, der israelischen Kinder wegen schon gar nicht. Die Systematik des waffenbeschlagenen Tunnelbaus und die Bedrohung des Gegners, die Allmacht der arabischen Aufstiegsphantasien sprechen dagegen. Die Christenheit war nicht viel anders in kriegerischen Kreuzzugsepochen. Unsere Romantik hält das nicht aus und doch hat sie in einer jüdisch-christlichen Transformation den psychologischen Kern von Menschen enthüllen können, seine Leibes- und Liebes- und seine Zerstörungsmacht. Wir Frauen könnten etwas mehr tun, meinst Du?

Miranda sah sie an und erfasste sie mit ihrem ganzen Blick dabei. Dann bist Du jetzt mal daran, in Deinem Leben etwas Neues für Dich zu tun, ich denke, Dein Engel wird Dich begleiten. Stell Dir vor, ein arabischer oder afrikanischer Engel behütete Dich. Ist das nicht bei dieser und jener Begegnung mitunter so gewesen? Elena hörte ein wenig Ironie aus Mirandas Stimme heraus. Oder war es ihr Beziehungsohr? Und tatsächlich ist ein goldener, goldiger Wert von Bedeutung namens Abigael, von arabischer Herkunft und in orientalischem Judentum wurzelnd, Dir doch an Thomasz Seite sehr vertraut, nicht wahr?

Miranda sah aus wie ein schwarzer Engel mit Spektralfarben-Gesicht, so, wie sie vor ihr stand. Das ist doch etwas ganz anderes, dachte Elena, bevor sie es sagte. Es ist in großen Mengen nichts einfach homogen, entgegnete Miranda. Was bleibt, als an Übereinstimmungen zu arbeiten und Nichtverständliches zu ertragen? Aber natürlich sind Morde und Pogrome nicht von dieser Art. Dennoch kommst auch Du nicht umhin, das Fremde und die Trauer und die Angst zu überprüfen, die Gegenwehr kann nicht nur von Abscheu leben, so wie die Humanität nicht von der Korruption unterhalten werden kann, die Politik ist ja nicht das, in das Du Dich einmischst, oder doch, aber nicht auf höchsten Ebenen der Diplomatie, des Schmutzes, der rein instrumentellen Logik. So hast Du eine Freiheit, auch wenn sie Dein Unbehagen einschließt. Elena nickte. Sie erwiderte nichts mehr, und es blieb offen, was sie dazu dachte. Miranda hatte ihr diesen Brief ihrer Mutter hinterlegt, und an einem anderen Punkt ihres Lebens gab es etwas Ähnliches zu verfechten. Das Unbekannte ihrer Selbst, ein Unbekannter ihres Lebens, das Unerkannte, aus dem sie kam. Nur dunkel und schemenhaft tauchten hier und da Umrisse auf, an die sie sich erinnerte.

Den Brief hatte sie lange und bis vor ein paar Tagen mit sich herumgetragen, ohne ihn zu öffnen. Dann hatte sich Miranda vor einigen Tagen in einer Lektüre am Schreibtisch den halben Sonntagnachmittag vertieft, über Michel Houellebecqs Roman Vernichten geäußert, von dem sie wusste, dass sie selbst ihn vorher auf dem Nachttisch liegen hatte, und kritisiert, dass das Eigenleben der Frauenfiguren zu wünschen übrig ließ, dass Schwanzsensationen stark dominierten und wenig darüber zu erfahren war, was Frauen an ehelichem und außerehelichem Sex liebten, bzw.

beim Liebemachen besonders genossen, dafür aber Mädchen, die gut lutschten, besonders gut in Intelligenz und Ausdrucksfähigkeit bewertet wurden, nicht unsympathisch, aber etwas einseitig, befand Miranda mit besonders intensivem Blick in Richtung Elena. Diese nahm sich vor, ganz bestimmt nichts über ihre eigenen derzeitigen Selbstbefriedigungspraktiken zu sagen. Aber Miranda sprach gottseidank auch weiter. Zudem frage sie sich, ob es nach dem Tod eines Mannes nicht ein besseres Los wäre, wenn man ein neues Leben begönne wie Bettina von Arnim, schreibend, engagiert, kulturreformerisch hervortretend, dennoch den Liebenden und die eigene Mütterlichkeit bewahrend und das Andenken an den Mann. Stattdessen gab es wieder ewig ein alterndes Jesusbübchen als Darstellung, ob gesund oder todkrank, das erlebte, von der Frau Mutter und Schwester und Nichte oder imaginierten Tochter mariengleich in den Armen eingebettet zu sein.

Deine Houellebecq-Kritik hört sich sehr nach geistiger Verwandtschaft mit Tante Ava und Mama Nastasja an, sagte Elena grinsend. Du kennst ja die Romantikpassion meiner literaturgeschichtlich arbeitenden Mutter? Und weißt Du, sagte sie unvermittelt ernst und mit etwas Überwindung und Überraschung in der Stimme, meine Noten waren gut genug, ich glaube, ich will Ärztin werden. Realismus mit Aktivität und Körperlichkeit verbinden, aber es muss auch Hand und Fuß haben.

Miranda hatte sie unvermittelt in den Arm genommen, und sie hatte einfach still ihr Gesicht an ihre etwas spitze

Schulter gelegt, das Haar von ihnen beiden kam sich so nahe, dass man die braunen und goldenen Töne miteinander hätte verbinden können. Das hatte sie früher oft und zuletzt mit ihrem Bruder Thomasz erlebt, in einer anderen fernen Zeit, die sie eingegraben hatte. Ein wunderbar kostbarer Augenblick. Dann hatte sie ihrer Mutter Zeilen im Gästezimmer gelesen.

Am Ende hatte der Brief sein Gutes, dachte Elena jetzt, sie würde der Einladung und dem Rat ihrer Mutter folgen, ihren Vater und seine Wahlheimat sehen und sich mit seiner und ihrer eigenen Geschichte auseinandersetzen. Wenn sie den Mut dazu fand, den Mut dorthin aufzubrechen, trotz ihrer Angst. Hatte Mosche sich nicht für Mirjam verwandt, er schrie sogar zu Gott, obgleich sie ihn wegen einer kuschitischen, verdächtig nichtjüdischen Frau an der Seite verachtet hatte? „Und Mirjam wurde eingeschlossen außerhalb des Lagers sieben Tage und das Volk brach nicht auf, bis sie wieder eingezogen",Bemidbar,12,-12, es ging also nicht immer um Schuld und Steinigung und Aussatz und Ausrottung, und die Herrlichkeit des Ewigen ward doch sichtbar. Der Ewige mochte heute wohl sein Antlitz auch leuchten lassen nicht nur für die Söhne Israels. Sie hatte ja auch Mirandas kluge Sätze und deren Antlitz als Engel, die Gepaartheit mit ihrer vertrauten Tante Ava und die Tradition ihrer Mutter auf ihrer Seite, sie wagte es, fast ein Lächeln über ihr Gesicht huschen zu lassen.

Illustration: Mirandas Antlitz als Engel

164

Kapitel 7 Thomasz

Illustration Thomasz

166

Die sexuelle Triebenergie und Sinnlichkeit der Frauen ist nicht dafür geschaffen, ohne äußeren Einfluss zu leben, dachte Thomasz auf dem Weg zu Abigael, das gilt für die weibliche Erotik wie für die Art weiblicher Perversionen, in denen sich mehrheitlich Masochismus und Narzissmus mischen, ebenso gilt es für ihre sensible und sensitive und fürsorgliche Art zu lieben, gebraucht werden zu wollen, weich oder blockiert zu sein, Öffnungen zu haben, langsam lustvoll sich steigernd, ohne eigene Dampfhämmer-Manieren zu kommen. Es mochte auch die geben, die sich aggressiv gebärdeten und druckvoll durchstoßen ließen, aber Thomasz kannte keine Frau und hatte auch nie eine gekannt, die sich, außerhalb von inszenierter prostituierender Sexarbeit, mit reiner Schwanzmetaphorik und Schwanzdominanz, hemmungsloser männlicher Gier und körperlicher Schwere, gerne und gut – statt erfüllt vom eigenen Gefühl im Wechselspiel von Haut und Duft verlockt oder umfangen zu sein - auf Dauer im Akt befriedigt gefühlt hätte oder sich darin sonnen konnte. Eher gaben sie sich schweigsam hin oder erduldeten *es*, oder nahmen hin, was und wonach ihre Freunde und Männer verlangten.

Die Gewöhnung daran, nicht auf das zu hören, was die eigene Seele verlangt, die Sehnsucht romantischer Mädchenträume bewahrt und auch im Altwerden Frauen leiblich und körperlich sinnlich sein lässt, mitunter satt zu zerplatzen, die eigenen Bedürfnisse zu nähren, statt sich anderen Erwartungen zu überlassen, ist von jeher ein weibliches Übel: selbst wenig zu kennen und sich auch daran gewöhnt zu haben, allmählich nichts mehr zu vermissen, war eine krankhafte Frauensache. Aber was taten die Männer, diktierten dazu, was hatte er getan, gelernt, wie gelebt vor Abigael?

Er war ein Stück weit seiner Mutter Nastasja gefolgt, sonst hätte er Abigael nicht so begegnen können, da war sich Thomasz sicher. Er hatte stets eine Abneigung gegen die Abenteuertypen gehabt, die Frauen als Station ihrer Eroberungsreihe ansahen und dann befriedigt verschwanden. Manche kamen sich selbst abhanden, manche rissen sich los, mit dem Band der Frau auch die Kinder hinfort. Manche sahen Frauen gar nicht erst in ihrer eigenständigen körperlichen Bewandtnis an. Für ihn war Abigael eine Offenbarung geworden, er bemühte sich, dieser gerecht zu werden. Manchmal gelang ihm das mühelos. Die Finger und Hände des Mannes waren nicht nur für Härte und Schwere geschaffen, auch mit Geduld begabt für Raum und Zeit und ein unbekanntes, höhlenartiges Labyrinth, das feinnervig mit Gefühl zu erspüren war. Warum sollte ein Mann dieses Geheimnis nicht aufsuchen und in einer Frau nicht spielen wie auf einem Saiteninstrument, bis ihre anschwellende Energie zum Tragen kam?

Weibliches Aufblühen, Erblühen und diskretes Zurückziehen, sich schließende Muskeln, ein Zucken und Straffen und Dehnen der Muskulatur in einem Gewölbe, das zugleich so viele Öffnungen hatte wie bloße Haut und weiche Rundungen, Kurven, die zu einem fleischigen Hohlraum führten, in den sich Männer verliebten, in ihm verirrten, ihn suchten, während Frauen sich schmiegten und schmückten, mitunter nackt und bloß stellten und einfach da waren in ihrer Form, manchmal federnd, manchmal zitternd in ihrem Körper wohnten, sich selbst gewohnt: das war ihr So-Sein, ihre weibliche Art, ohne die deformierenden Akte unzähliger aggressiver oder sie verbrauchender Einflüsse.

Grafische Illustration: Abigael und Thomasz

171

Thomasz hatte, wenn er über Abigael nachdachte und Frauen als wunderbare und wundersame Geschöpfe wahrnahm, oft das Gefühl, dass Erschöpfung in der Gesellschaft ebenso verpönt war, wie etwa, über die Schwere des schwangeren Lebens oder eine Lebensfurcht allgemein zu reden oder über die verdeckten und offenen Formen der Verschleierung, der Entrückung, der Entzauberung durch Wegnahme von Autonomie, von Expressivität, von Handlungsspielräumen, von Reizen und Ausstattungsmerkmalen, die zudem von Bewertungen begleitet waren, die stets unvorteilhaft, abfällig, zweitrangig, immanent Frauen beurteilten als bloßes Etwas. Seine Betrachtung endete in einem Bild ihres Kontrollverlustes, ob sie freiwillig darauf eingingen oder es gezwungen hinnehmen mussten; Frauenverachtung war grenzenlos, mochten sie auch noch so gnadenlos Konkurrenz untereinander ausfechten oder Schwestern im Geiste glaubten zu sein oder noch so sehr in den Kunsthimmel gehoben werden und auf dem Kulturmarkt inszeniert, feilgeboten und gekauft werden.

Nun war Abigael tatsächlich schwanger, er hatte es bereits fühlen können, den gewölbten Bauch, das bewegte unbekannte Leben. Thomasz fuhr seit geraumer Zeit - und zum ersten Mal als werdender Vater - zu seiner Mutter Nastasja und ihrem Mann. Sie bekämen zusätzlich etwas zu tun, wenn er mit seiner kleinen Familie in ihre Nähe zöge, ins grüne Umland des Rhein-Main-Gebietes etwa, Richtung Spessart, oder zwischen Wetterau und Taunus. Das war etwas Besonderes, ein gedanklich vorweggenommenes Ereignis in ihm, denn es hatte einen äußerst heftigen Eklat gegeben.

Abigael sagte, Du bist nicht reif für eine Familie. Du lebst auf einer Tankstelle, in der kaum noch jemand vorbeikommt. Was willst Du damit sagen, fragte er irritiert, verwirrt strich er sich über das leicht verstrubbelte Haar. Er hatte den aufgeregten Druck im Bauch schon seit Tagen, der ihn jetzt richtig übel werden ließ. An einer Tankstelle gibt es oft Tage, an denen wenige Leute mit viel Geld vorbeikommen, murmelte er. An anderen Tagen ist die Hölle los, viele Leute stehen an der Kasse Schlange, was noch nicht bedeutet, dass die Einnahmen hoch wären. Sage ich ja, sagte Abigael, Du lebst auf einer Tankstelleninsel und meinst, das wäre das Leben. Und viele Leute bedeuten noch nicht, dass sie sich etwas zu sagen hätten, miteinander zu tun haben, viele können zusammen einsam sein. Auch an einer Tankstelle gibt es Bedürfnisse, sagte Thomasz etwas lauter.

Eine Tankstelle brauchen wir in vielfältiger Weise, hatte Nastasja bei ihrem letzten Wiedersehen gesagt, spöttisch mit Betonung auf dem Wort vielfältig. Nicht nur für einen geregelten Verkehr, mit Kafka gesprochen, und die infrastrukturelle Bewegung, wegen des Sprits, für die Aufladestation und die Toiletten hinter Einkaufskassen, für den teureren Shopping-Bereich des täglichen Bedarfs oder für Reisenecessaires, auch für verschwiegene Treffen von Pärchen beim Blind-Dating, unverhoffte Begegnungen mit intensiver Dichte oder gemeinsamer Bekanntschaft beim

173

Autowaschen oder auf der Rückbank beim Knutschen. Allerdings verstehe ich nicht ganz, wie man eine solche öffentliche Geschäftsstelle mit einer Platzierung meines Sohnes oder Eurer Paarbeziehung vergleichen kann, wandte sich Nastasja an Abigael. Natürlich ist die Spannung eines Augenblicks voller Lächeln an einer Tankstelle erhebender oder erotischer als aggressiv zur Schnelligkeit während des Tankfüllens aufgefordert zu werden. Und wenn man Elena glauben darf, könnte man in Frankreich an manchen Tankstellen ganze Fotografie-Kunstschulen eröffnen, so kunstfertig geht es da mitunter zu. Aber wenn ich an die Ausfahrtstraße von Frankfurt zu uns nach Hanau und Maintal auf der Hanauer Landstraße denke, wo die Shell Tankstelle liegt, ein paar leuchtende, eindringliche Augen, ein plötzlich sehr vertrautes Gesicht im Lichtkegel trotz Dunkelheit, welche Wirkung es haben kann, welche Bedeutung es gewinnt, auch eine Gestalt an einer Tankstelle am Hanauer Hafentor oder das Lächeln an einer Aral Tankstelle auf dem Weg zur Bruchköbeler Straße in Richtung A66 Gelnhausen und Friedberg, ist zwar zwischen Menschen täglich und nichtalltäglich viel los, aber eine beliebige Durchlauferhitzer-Station ist eure Beziehung bestimmt nicht, oder? Ihr Blick streifte nicht gerade freundlich Abigaels, während sie bei ihrer Frage am Ende leicht die Stimme hob.

Ist mein Sohn so anonym, ungemütlich und hektisch wie ein Park-and-Ride-Platz in Stoßzeiten des Feierabendverkehrs? Das geht Dich kaum etwas an, Mama, warf Thomasz dazwischen, bevor Abigael etwas vorwurfsvoll zurückgab, dass er durchaus gestresst und

174

verstopft wirken könne wie jeder in einem nervtötenden Hupkonzertgerangel auf schmalspurigem Zapfsäulenterrain. Aber mit meiner Liebe hat das nichts zu tun, wandte sich Thomasz gereizt zu ihr, es ist eher ein Ausdruck von… -Thomasz suchte nach Worten. „Depression", sagte Abigael trocken. Und die wird vom bloßen Umrangieren der Gefühle von A nach B weder leichter noch besser.

Nastasja sah verletzt aus, obgleich ihr Sohn mit annähernd 30 Jahren selbstverständlich selbst verantwortlich für sein Leben war. Sie fühlte sich trotzdem unbehaglich erinnert an seinen Vater, an sich selbst und an seine hektische und manchmal etwas manische Art in der Jugend und der frühen Erwachsenenzeit. Er hatte so massiv Sport getrieben, dass Knochenleiden oder monatliche Verletzungen die Regel waren. Ob ein Nasenbruch oder eine Rippenprellung oder ein Handgelenkeinriss, er hatte Mühe zu lernen, dass es nicht auf pure Siegerlaune und puren Aktionismus und auf Verausgabung aller körperlichen Kräfte in einem übersteigerten Maß ankam, das exzessiv davon Auskunft gab, was er nicht zu beherrschen in der Lage war. Tatsächlich wurde Thomasz so wütend, seine Stimme wurde unkontrolliert affektiv und laut, er hörte selbst, wie er beide Frauen anfuhr, sie sollten sich nicht einbilden, seinen mentalen Standort und Gefühlshaushalt lokalisieren und erklären zu können. Scharfsinniges Denken und Aufsehen erregende Gebärden erspare ich mir zunehmend, fügte er hinzu, besonders in Eurer Gegenwart. Beide Frauen sahen angespannt aus. Abigaels Gesichtsfarbe wechselte ins Blasse, und seine

175

Mutter Nastasja sah ratlos und etwas erschöpft aus. Er hatte sich dann zurückgezogen für einen Dauerlauf, entschuldigend, und in Bewegung gesetzt, um der Situation zu entkommen.

Jetzt dachte er, eine Tankstelle kann wie eine Haltestelle sein, ein offenes Gelände mit einer Öffentlichkeit, mit einem Restaurant, Ankunftsort und Abfahrtszeit, verbunden mit zuverlässiger Dienstleistung, aber alles in allem ein funktionierendes gesellschaftliches Gebilde, ein Umschlagplatz für menschliche, zwischenmenschliche, vielleicht in bestimmten Zeiten sogar übermenschliche und unmenschliche politische Kommunikation.

Klar war ihm schon, seine selbständige berufliche Orientierung konnte zum Unruheherd werden für eine Familie, wenn sie nicht genug eingebettet und strukturiert durch Sicherheiten war. Das war es, was Abigael eigentlich störte. Die äußere Sicherheit eines vortrefflichen Standorts bei allen kaufmännischen Risiken war das eine, ein Beziehungsgeflecht, auf das man sich verlassen konnte, das andere. Das war die persönliche Energie und Zuversicht, Wärme und Kraft, die er seiner Frau und sich selbst, seiner wachsenden und werdenden Familie geben konnte und schuldete. Er hatte dazuzulernen, während er ins Rhein-Main-Gebiet fuhr, er musste vom Hamster im Rad irgendwie zum Felsen in der Brandung werden, umsteigen, um umzusteigen, auch wenn er nicht gegen sein eigenes Feindbild antreten konnte, gegen sein Misstrauen und seine dogmatischen Überzeugungen über die Brüchigkeit von Beziehungen. Das lag an seinem Vater und in ihm selbst.

Und es war wohl seine eigene Aufgabe. Er hatte Füllmenge, Energiemaß, Kraftmaß einzuschätzen an seiner neuen Tankstelle. Kraftvolles und Schönes in den Blick zu nehmen. Er würde einige Stühle brauchen, um Problemstellungen anders zu lösen als bisher. Er freute sich aber, eine innere Grenze zu spüren, aus sich selbst heraus leben zu können, einen Halt in Abigael zu haben. Er glaubte den fiesen Attacken des Lebens mit Hilfe einiger zentraler Strategien und mit entscheidenden Freunden gewachsen zu sein. Abigael war seiner meist sicher, so wie er sich von ihrer Liebe gefestigt fühlte, er hob sie auf, und sie erdete ihn, sie waren beide auf einem Weg des Vertrauens zueinander, auch wenn sich manches ihrer unterschiedlichen Biografien aufeinander zubewegen musste.

Eine Abordnung war keine Stundenplanverschiebung, er konnte weder an verschiedenen Baustellen, an vielen Plätzen auf einmal sein, noch an einem nur kleben. Bei aller Fürsorge hatte er die Aufgabe, die er gegenüber Elena als älterer Bruder früher erwiesen hatte, sich selbst gegenüber nicht zu einem undurchsichtigen Knäuel zu werden, dessen Sinn er nicht mehr fühlte, dessen Verantwortung er nicht mehr erkannte. Er wollte mit Abigael und dem Kind gegen einen Teil seiner selbst antreten. Stand nicht in Dewarim, 64,-9, jenes Gedicht, mit dem der Einzelne als verbindlicher Akt sein Bekenntnis zu Gott zum Ausdruck bringt, wie man es für sich selbst als Aufgabe hatte? In Bemidbar 6,22-27, war die Anweisung zugleich eine Verheißung: Der Ewige segne dich und beschütze dich! Der Ewige wende sein Antlitz dir zu und gebe dir Frieden! Das war ihm Abigael, aber nicht auf Befehl: Und nehmet das Land an, dass ihr darinnen wohnt, denn euch habe ich das Land gegeben, Bemidbar 33 war das, und mehr noch, schon anfangs im selben Buch 12, war sie seine Prophetin als Ewige, die sich ihm kundtat als Erscheinung seiner selbst. Im Traumbild redete er wie in der Realität mit ihr zu sich, „von Mund zu Mund", sichtbar, doch nicht in Rätseln, er sah sie und sah, dass er sah. Sie war gekommen.

Illustration Abigael, Anmutung und Antlitz

Kapitel 8 Elisa und Pinea

Eine geheime Liebe verband Pinea mit der großen Tochter Nastasjas, auch wenn sie sie erst wenige Jahre kannte. Es lag nicht nur an ihrem samtenen Teint, ihrem vollen, langen Haar, ihren großen Augen, der Grazie ihres Nackens und ihrer Schultern und ihrer besonderen Art zu gehen, sich sprachlich zu artikulieren mit einem Klang, der stets etwas Fremdländisches in sich trug. Es war die schmerzhafte Einsamkeit, die sie umgab, eine Art Grausamkeit, die hinter der Schwere ihres Gemüts bei aller figürlichen Leichtigkeit hervorkam, sie trat immer gewandt auf.

Warum bin auch ich so jung und schon so alt?, fragte sich Pinea, dies verbindet mich mit Elena, aber nicht mit Elisa. Mir stellt sich immer die Frage nach dem Sinn des Ganzen bei leblosen Gestalten um mich herum, die noch atmen, sich bewegen, ja, aber was sagen sie noch, was wagen sie, was haben sie von der Energie, die sie mit auf die Welt brachten? Und alle Bilder und alle Seiten, die man gebrauchen könnte, um zu zeigen, was der Mensch nicht ist, verweisen auf die Leere, die bleibt in Anbetracht von Gesichtern, die gespenstisch aussehen, wie aufgequollene Farbe, von Wänden schauen sie herab als kahle und hohle Spiegel unserer selbst, als Einbildungen von Gekreisch über die eigene Bedeutsamkeit des Daseins. Kinder werden gequält und das über Jahre, sie halten ihre Einsamkeit aus und geheim, ihre permanente Bedrohung,   missbraucht, vergewaltigt, misshandelt und ermordet zu werden, stellen sich selbst tot. Sie müssen meist erst lernen, über ihr Trauma zu verfügen, sie weinen nicht mehr, während sie in Trance übergehen. Und diese fotografische Wand, die so blass und teigig ist, erzeugt nicht nur einen schwammigen Widerhall von purer Flächigkeit, die beliebig ist, sie erzeugt einen Sinn von Nichtbestimmung, Nichterfüllung, von Nichtsosein, einem genichteten Sein mit gesellschaftlich geschaffenem Gesicht. Das ist mehr als die Konkurrenz in einer bloßen Vermassung von meist apathischen oder schuftenden Menschen. Allenfalls könnte noch ein Riss entstehen, der Riss im Himmel des Glaubens, grau und schwer sind die Nägel ja schon lange, an denen man sich aufhängen könnte, gäbe es Gott nicht, den Weg der Verheißung, weltliches Los einer Gedankenkette, die Gemeinsames trägt. Aber was hatte diese Kette jetzt mit Elena zu tun oder mit Elisa? Pinea brach ihre Gedankengänge verwirrt ab, beschloss kurzerhand aufzustehen, sich selbst im Denken heute so nicht mehr fortzubewegen.

Aber so einfach war das nicht. Elena war auch nicht einfach sie selbst, sie war eine Kunstform, wenn sie ging, sie hinterließ diesen Eindruck, ohne es zu wissen, meist beabsichtigte sie es nicht. Sie ließ ihren Körper wie er war, mit dem Wissen, dass er etwas verbarg. Elisa neigte eher dazu, darüber zu streiten, was war; oder das Schwerfällige aufzuheben, um es zu konzentrieren und dann auf das Papier aufzulegen, es mit Eindrücken zu füllen, bis ein Zusammenhang entstand.

Außerdem suchte Elisa die zärtliche und intime Nähe zu ihrem neuen Freund, den sie als Schwester noch nicht kannte. Zum ersten Mal wusste sie nur, dass sie ihn auf der Parkbank im städtischen Wald kennengelernt hatte. Es war auch das erst Mal, dass sie und Elisa nicht alles darüber wussten und erzählten, was die andere bewegte, auch sie, Pinea, war schweigsamer geworden.

Sie beobachtete ihren Vater und Nastasja seit geraumer Zeit, und die Spur von Glück, die manchmal auf seinem Gesicht erschien, machte sie nicht wirklich eifersüchtig. Obwohl sie Nastasja mochte, ja, sie brauchte und ihren Familienverband, denn es waren alles Originale, von denen sie lernen konnte und die sich um ihre und ihrer Schwester Geborgenheit sorgten. Aber das Gesicht ihres Vaters in Bewegung und Glück, nicht so sehr in Ruhe, erinnerte sie im Schein manchen Lichts an ihre Mutter, von der nur wenig mehr als Schemen oder Fotos übriggeblieben waren. Diese besah sie sich aber umso öfter. Es tat ihr alles weh dabei im Herzen, auch wenn sie sich nicht gut erinnern konnte.

Elisa würde an jede kahle Wand und an jede gläserne Wand, an jede kaum sichtbare Person mit einem Maßstab von eigener Machart reagieren, der durch Zuwendung und künstlerische Betätigung ein Gesicht erhalten würde. Sie würde die Mutter immer neu erfinden. Sie lenkte den Blick auf Gefängnisse und ihre beschrifteten Mauern, auf Höhlenwände mit Zeichnungen auf hartem Felsen, auf die hässlichsten Stadtviertel in grauem Beton mit Verschönerungen durch Fassadenmalerei. Die Trostlosigkeit eines stummen Geschöpfes als Kreatur war für sie unerträglich und so erfand sie Gesichter, wo keine mehr waren. Das war ein entscheidender Unterschied zwischen ihnen, sie, Pinea, reflektierte bloß darüber.

Illustration Elisa und Pinea, Anmutung III

186

Noch einmal kam der Gedanke. Elisa würde auf jede kahle Wand und an jede gläserne Wand, an jede kaum sichtbare Person mit einem eigenen Mal- und Maßstab reagieren, der durch Zuwendung und künstlerische Betätigung ein Gesicht gestalten würde. Sie lenkte den Blick auf Gefängnisse und ihre beschrifteten Mauern, auf Höhlenwände mit ersten Zeichnungen auf hartem Felsen, auf die hässlichsten Stadtviertel in grauem Beton mit Verschönerungen durch Fassadenmalerei. Die Trostlosigkeit eines stummen Geschöpfes als Kreatur war für sie unerträglich und so erfand sie Gesichter, wo keine mehr waren. Aber das habe ich eben schon einmal gedacht, sagte sich Pinea. Es war ärgerlich im Kreis zu denken.

In einem waren sie sich einig, wenn sie keine Gesichter sahen, keine Grabstätten, aber eine Flut heranbrechender Wellen und Schaumkronen in eisiger Kälte, von dichtem Nebel umgeben, eine wuchtige Gischt bei stetig fallenden Temperaturen und Minusgraden. Ein heruntergekommenes Schiff, das 1945 heimlich in Danzig oder sonstwo als Kahn bestiegen, einen skandinavischen Hafen anlaufen sollte und vom Kurs abkam, versenkt werden sollte oder gelinkt oder nichts davon, dann sahen sie den Kahn, der zwei alte Leute in mehr oder weniger graubraunem Leinen aufnahm, aber Elisa mit ihrem Instinkt konnte besser aus Elenas und Nastasjas Mimik lesen, sie sah sie nicht nur im pfeifenden Wind neben erbrochenen Resten knapper Nahrungsmittelreserven liegen, sie sah auch, wie die Bohlen sich bogen und die

Ritzen in den Planken stanken und den Rost am Bug des Schiffes – oder war es schon der Kahn? In Dänemark konnte man so viele Jahrzehnte später nur noch attestieren, dass es sie gegeben hatte, dass sie tatsächlich an Bord gegangen waren, zwei sehr alte Leute, die glaubten, es schaffen zu können aus Hitlers Nazireich, so spät noch Deutschland verlassen zu können. Abgemagert und die knochigen alten Hände verkrüppelt bis zu den letzten Atemzügen zueinander gestreckt; und wenn man unterscheiden kann zwischen leidvollem, grausamen Sterben und Hungerstod und krankweihender Ruhr oder einem Gemisch aus allem, zu dem auch Skorbut gehören konnte und andere bakterielle und virale Erreger. Es war zu spät, sie waren viel zu alt, sie hatten sich zu lange verborgen und durchgeschleppt, die Familie, die nächsten Angehörigen, die jüngere Generation, alles war zerrissen. Elisa schüttelte den Kopf, sie sah durch Elena und Nastasja hindurch und nahm deren Botschaften in Empfang, sie sah, wie der traditionelle Adel preußischer Wappengeschichte abfiel von deren Urgroßmutter, wie sie an ihrem verbliebenen Sohn und ihren Töchtern hing und an deren Schicksal dachte, an diesen Mann, der neben ihr starb und röchelte dabei, auch an die christlich-jüdischen Verbindungen, die mehr Glück in den fremden Gewässern gehabt haben, auf dem Weg ins gelobte Land.

Illustration Urgroßeltern, missglückte Überfahrt im Krieg

190

Sie wird ihren Mann nochmal angesehen haben, sagt Elisa, selbst halb blind und taub, und als man sie über Bord warf, war klar, dass die Überlebenden oder die Küstenbewohner sich keinen anderen Rat wussten (oder eine Freude empfanden?), als irgendwo auf einem nichtssagenden kleinen Dokument und Stück Papier ihrer beider Namen zu erfassen. Sonst blieb nichts von ihnen, keine Heimat, kein Gegenstand, keine Örtlichkeit, auf die man zurückgehen konnte, um ihrer zu gedenken, auf Spurensuche einer ursprünglichen Herkunft wie Land zu treten, man müsste so viel mehr wissen, dachte Pinea anstelle von Elena, die so gut wie nie davon sprach, als ein paar Papiere im Schlamm und Dreck zu finden oder hinterher getragen zu bekommen. Man könnte auch bis 1849 gehen, sagte Pinea, zu den deutsch-polnischen Dorflandschaften Ostpreußens bis zu den Schtetln und nach Krakau und die andere Seite besuchen, die Urururgroßmutter würde den Kopf aus einem kleinen Laden mit Mesusa strecken, nur unweit von jener Hauptstraße mit den vier erhaltenen und wieder hergestellten Synagogen, deren Namen sie trägt, einen ungewöhnlichen Vornamen und einen typisch religiösen, sprichwörtlichen Nachnamen.

Aber all das ist wieder ein anderes Kapitel von wechselnden und sich gegenseitig erhaschenden Gesichtern, die sich durch Konversion hindurch lange verleugneten oder assimilierten oder schminkten für eine neue Zeit oder aus Liebe und Friedfertigkeit, zu denen sich

Frauen traditionsgemäß ohnehin eigneten, mit sich im Reinen waren, bis die braunen Stiefelträger mit ihren arisierenden Rassegesetzen und ihren Euthanasieverordnungen kamen und einige ihrer Nachfahren kein Interesse mehr an ihrer Herkunft hatten, da das Propagandageschäft viel lukrativer war und sie auch in ihrer gefährdeten Existenz erreicht hatte, wenn auch im Widerstreit mit anderen, die es nie erreichen wird.

Es ist beruhigend zu wissen, dass Menschen wie meine Ururgroßeltern erst tot ins Wasser geworfen wurden, murmelte Nastasja einmal mit feuchten Augen, ein einziges Mal, vor sich hinschaukelnd, aber sicher bin ich mir nicht, sagte sie laut und nahm an, dass niemand sie hörte, dass aber Elisa ein Stück Himmel sah, mit dem inneren Blick, den sie hatte und an Pinea weitergab, als wäre sie unter die Haut der unglücklichen Flüchtenden gekrochen und hätte in deren Erbrochenem rumgewühlt und könnte für sie noch ein letztes Mal die weiten Linien zwischen Himmel und Wasser überblicken, die sie nicht sah. Den Blick, mit dem ihre Großmutter, vom Sterbebett aus, die Bäume eines Parks beobachtete, die sie nicht mehr würde aufsuchen und berühren können, würden sie beide, Elisa und Pinea, schließlich auch nie vergessen, nicht wahr? Eine Sehnsucht mehr nach einem vergeblichen Verlangen auf eine kurze, belanglose Geschichte, einem kleinen Stück Leben. Im Gegensatz zu ihr, Pinea, konnte Elisa aber aufstehen, sich recken und strecken und dann beginnen zu zeichnen, um innere Vorstellungen zu äußeren Gesichtern zu machen, die nicht mehr so quälend waren wie das, was aus Nastasjas und manchmal auch Elenas Gesichtern sprang.

Sie ist die fröhlichere von uns beiden, dachte Pinea, mir bleibt nur, das Weite zu suchen, bis ich eine Welle der Erregung empfinde, die nicht vom Tod und nicht durch Reflexion erschüttert wird. Die Blätter ihres Vaters zum Beispiel interessieren sie, seine Gutachten und Akten und Medikamentendosierungen und Rezepte, die Gedanken, die er sich um Menschen machte, die Patienten waren. Die Lästigkeit von Gutachten, Buchhaltung und formalen tabellarischen Vorgängen, des Abrechnens und Geldverdienens dabei entgingen ihr dabei nicht und sie sah, dass Tagungen und Gruppensitzungen und Reisen zu Kongressen auch anstrengend sein konnten.

Bei diesem Außen und Innen als Seitenspiegelbetrachtung, wie vor einer Frisierkommode von Nastasja sitzend, kam Pinea sich vor wie eine alternde Schildkröte unter einem krustigen Panzer. Sie würde einen Beruf wählen wollen, in dem sie gebraucht wurde, sie wollte an einem wunden Punkt arbeiten, mit ausgestreckter Hand, hin zu diesen unbekannten Urgroßeltern ihrer Stiefmutter Nastasja. Es verband sie mit ihrer eigenen Mutter Schicksal. Sie wollte auch ein Metier erlernen, dass traditionell Männern vorbehalten war, Frauen konnten nicht glauben, ihre Welt zu verbessern, ohne zu kämpfen, hatte Nastasja gesagt.

Pinea wandte sich um und sah auf das Fensterbrett, bis auf ein Kinderfoto von ihr und Elisa war es leer. Unterhalb des Simses, auf einem kleinen verknautschten Kissen, lag ihre Katze und streckte im Schlaf die Pfoten, ihre Ohren zuckten. Sie hatte sie überraschend zum letzten Geburtstag bekommen, und sie wusste, sie würde sie mitnehmen, in welche Studentenstadt auch immer. Ihr Vater machte kein Geheimnis daraus, dass es Nastasja gewesen war, die sie für sie gesucht und gefunden hatte. Aber sie musste sie selbst abholen.

Die ganze Majestät dieser schwarzen Katze drückte sich in ihrer Haltung zur Einsamkeit aus. Auch in ihrem Verlangen nach Geborgenheit und Nähe, ohne, dass eine Heftigkeit, ein Zupacken, eine Grobheit möglich waren, durch die sie verschreckt flüchtete wie ein gehetztes Tier. Diese Katze, die unendlich lange gebraucht hatte, sich in einem riesigen Käfig einfangen zu lassen, war eine kleine Königin von edler Gestalt und Anmut geworden, nachdem sie und ihre gelben Augen Vertrauen gefasst hatten. Pinea konnte sich nicht vorstellen, sich von ihr abzuwenden.

Nun würden sie beide Abitur machen, und was war dann? Welche Wege bahnten sich an, zu wem hin und von was weg? Welcher Horizont tat sich auf durch Handlung oder durch Abwarten? Pinea wusste, dass sie einen medizinischen Beruf mit Psychosomatik-Forschung verbinden wollte und dabei dennoch wie ihr Vater in eine psychiatrische Ausbildung gehen würde. Und sie wollte Reisen mit Rittersporn, Kletterpflanzen unter blauem Himmel und Pergolareitern verbinden und dazwischen Kräuter und Steinkraut pflanzen und all dies in abgestimmten Farben, blau und rot, weiß und rosa und dazwischen tanzende gelbe Blüten im windigen Hintergrund, das Plätschern von Wasser sollte man zumindest hören können in ihrem Garten. Elisa würde neben dem Malen, Zeichnen, Modellieren und Spachteln Sprachen beruflich bevorzugen, nebst den Schulkenntnissen, die sie ausbauen würde im Fach Englisch, würde sie Französisch und Hebräisch dazunehmen und vielleicht Fremdsprachenkorrespondentin werden wollen, Dolmetscherin oder an der Universität Fuß fassen. Sie würden sich nah bleiben trotz unterschiedlicher Routen und Aufenthalte, verschiedener Jahre in Eigenregie. Sie konnten sich nie so gründlich voneinander distanzieren wie andere, dazu waren sie zu sehr eins gewesen. Mir wird das helfen, dachte Pinea, genau wie mir Elenas Nähe hilft, während Elisa ihr dunkles, doch lächelndes sommersprossiges Gesichtchen in seiner Herzförmigkeit zur Tür hereintreckte, um sie nach einer Partie Tischtennis zu fragen. Ein inneres Bild von uns wird bleiben gegen die Einsamkeit, dachte Pinea, als sie ihrer Schwester zunickte.

195

Illustration Zwillinge, Anmutung IV

197

Kapitel 9 Nastasja und Thore Baruch

Der Mund des Mannes passt zur Wölbung und Innenwand der Scheide, auch zu den Schamlippen. Der Mund des Mannes gleicht ihnen, die Zungenspitze passt, wenn man sie wölbt, in die weiche Höhlung und der Schleim beider Sinnesorgane vereint sich. Warum hat kaum ein Maler den Männermund und seine Zunge zur Befriedigung von Frauen gezeichnet? Eher haben Männer den Schlund der Frau gemalt als Angst, zu verschwinden oder kastriert zu werden, oder als entzückenden Gegenstand der Begierde. Warum gibt es so viele Frauen, die für die orale Befriedigung der Männer ihr Gesicht hinhalten und so wenige erotische Traditionen männlicher Dienstfertigkeit? Es gibt nur wenige Männer, die einer Frau huldigen können mit Liebhaberkünsten, die quasi im Naturell liegen. Thore hörte Nastasja amüsiert zu. Gleichzeitig sah er, dass, vom Flur aus, die Tür zu Pineas Zimmer etwas offenstand, und er runzelte leicht die Stirn. Seine verschlossene Tochter war sicherlich reif genug, um Ehrlichkeit solcher Art zu verkraften, befand er dann, und wenn nicht, sollte sie ihre Tür schließen, sofern sie sie überhaupt in seinem Arbeitszimmer, welches durch eine beidseitig geöffnete weiße Flügeltür mit dem Schlafzimmer verbunden war, hören konnte.

Thore Baruch sah ein wenig zur Seite und seine Frau an. Er würde sie gleich auf den Teppichboden ziehen, und sie würden sich dort lieben. Er würde ihr so viele Babys machen, wie sie zusammen alt waren, auf allerlei Weise, mit dem Mund, mit seinen Fingern, mit seinem Glied , in ihrer Scheide, auf ihrer Haut und sie würden sich aneinander reiben und gewöhnen und ineinander wohnen, und dabei würde er sie ganz für sich haben.

Sein Finger in ihrer Scheide fühlte sich warm an, wie er an ihrer Haut entlangstrich und sich in ihr sanft an der Klitoris vorbeischob, sie wachrief, zärtlich eine Spannung zur Steigerung von Lust hervorrief, sie durch das Vor- und Zurückbewegen anschwellen ließ, mit zarter Hand und festem Druck Bewegung in ihre weichen Hautfalten trieb und sie erschütterte. Stille herrschte rund um diesen Vorgang, am Ende warf sie den Kopf hin und her und hörte sich selbst zu. Das war seine fantastische Art bei ihr zu sein, mitunter, eine neue Art, sich vertraut zu werden, das hatten sie früher nicht, bevor er sie so vermisst hatte, mehr, als sie ihn.

Aber nun entbrannte sie, und er war oft unentbehrlich für sie geworden. Seine Art fröhlich zu bleiben, auch wenn die Nachrichten nur tieftraurigen Ernst, sozialen Wahnsinn, Kampf der Eliten, bürokratische Hürden und verbrecherische Politikvernetzungen sowie Reden um des Redens willen boten, blieb Thore bei ihnen, steckte zwischen Tür und Angel den Kopf unter den Arm und sah sie mit Stielaugen von oben bis unten an. Dann war Thore frohgemut dabei, sich bei ihr zu Hause zu fühlen, er pfiff vor sich hin oder sie an, wenn er sie sah und legte, wann immer er konnte, seine Hände auf sie. Sein Hunger war der einer kleinen Raupe Nimmersatt und sie war sein Blattgrün, das würde auch so lange bleiben, bis er starb. Er war so; und Nastasja war jetzt schon dankbar dafür. Das Private war kein Rückzugsort gegen alles andere, es war ein unerklärliches Geheimnis von Anziehungskraft, die sie auf ihn ausübte, und seiner reagierenden Energie. Sexualität als Lebenselixier, ein Mann als melancholischer Schöngeist mit erotischer Begabung, sie war beeindruckt, denn das Impulsgebende zwischen ihnen ging hin- und her und ein- und aus.

Es war nicht schlimm, nicht mehr schwanger werden zu können, das Kind würde nun in einem anderen Bauch ihrer Familie wachsen. Und sie beide hatten mehr Zeit füreinander. Zumindest dachten sie das jetzt. Es war beeindruckend, sie sahen sich an, sie verzichteten auf ein massif de montagne, auf points culminants, wählten grands fleuves und eine ville d'amour. Anachnu. Das große Wir. Und das hatten sie auch dem Golf du Lion zu verdanken, ihrem gemeinsamen Besuch bei Ava und Miranda, ihrer Visite bei Elena, denn dieser Strom und dieser Tramontane, dieses Licht und diese blaugrüngelbe Landschaft hatten sie in gewisser Hinsicht geheilt.

Die Seele der Welt konnte an Orten wie diesem erfahren werden. Einem Landzipfel, einem Salinengebiet, einer Burgruine, einer schneckenförmigen Altstadt, einem wasserreichen und doch trockenen Nährboden, von Wäldern und Steinen umgebenden Seen und Tümpeln, kleinen Häuserwürfeln in einer nordafrikanischen Bauweise, umsäumt von stillen Kieferwäldchen, umarmt von hohen Palmenwedeln und einem ewigen Surren der Cigales. Die Farben der Liebe, ihrer Liebe, leuchteten hier und, wenn man im südfranzösischen Collioure wandelte zwischen Kubismus und Surrealismus und Fauvismus und einkehrte ins Restaurant Les Templiers, dann begegnete man immer, immer und immer wieder jener schönen Frau, die in ihrer prallen und melancholischen Körperlichkeit auf dem Stuhl sitzend, ihnen beiden zuzunicken schien. Ihr bedecktes Auge bekam dann ein Leuchten.

Dennoch hatte Thore noch etwas zu sagen. Er wollte es kurz machen, aber während des Sprechens merkte er, wie schwierig das wurde. Er merkte selbst, dass er dabei zum Belehren neigte, obgleich er genau das Gegenteil drängend hervorheben wollte. Er hatte es länger in seinem Kopf herumgetragen, deswegen sagte er es Nastasja, wie es aus ihm herauskam:

Über 100 Seiten Dewarim lehrt uns, dass es den barmherzigen und den strafenden Gott gibt, der sehr ambivalent ist, sodass wir den Kleinen wie den Großen vor Gericht anhören sollen, es gibt allerdings den eifernden Gott aus der Mitte des Feuers, Dewarim 4,36, und am Ende steht doch immer das Problem des Verhältnisses von göttlicher Offenbarung und menschlicher Auslegung, nicht wahr? Die Frage ist nur, wie man das erkennt, wie man miteinander streitet oder auch gegeneinander oder füreinander, nicht wahr, ich wiederhole mich? Wie die Gewaltenteilung ruft dieses Freiheitskonzept uns über das Jüdische hinaus an, auch über das Ultraorthodoxe hinaus, denn es legt den Fokus auf das Erkennen. Das Ansehen ist nicht nur vor Gericht nicht wichtig, sondern wir, jedenfalls der heiligen Schrift und unseren heutigen Gedanken zu folge, wenn sie nicht heuchlerisch sind und die Zeit einbeziehen. Zwiegespalten einsehen.

Keinen Götzendienst tun, und doch gibt es diese vielen Götterbilder als Aufrufe, als Anmutung. Immer diese Widersprüche. Und daher, auch in Bemidbar, brach das Volk nicht auf, bis die Aussätzige Mirjam wieder eingezogen war im Volke, obwohl auf Gotteslästerung Steinigung stand und die Ausrottung aus der Mitte des Volkes, siehe Bemidbar 15,30, ein beliebtes, fürchterliches Strafen war. Wie soll man da noch in Traumbildern mit „ihm" reden, führt es uns doch zu diesen Versen, Bemdibar 32,13: „So war der Zorn des Ewigen entbrannt über Jisrael und er ließ sie herumirren in der Wüste vierzig Jahre, bis hingeschwunden das ganze Geschlecht"?

Wer also als Generation noch etwas auf sich hält nach Jericho, der nehme die Töchterstädte ein! Und ich verstehe das so, sagte Thore, diesmal schmunzelnd. Selten bei ihm zu sehen, dachte Nastasja, aber ihr Mann redete dazwischen einfach weiter, - dass ich Dich raube in diesem Krieg und Frieden der Liebe, zwischen den Geschlechtern etwas Sanftes mische, mit erhobenem Kopf sollst du von

Mund zu Mund die Erscheinung des „Ewigen" schauen, auch hier Bemidbar 12,6 und diese Art der Verbindlichkeit und nur diese, macht es gültig oder hebt es auf, das Gelübde zwischen uns nämlich, und nicht das des einsamen Mannes, so lese ich das in Bemidbar, 30,14! Und vor dem Eingang des Zeltes der Zusammenkunft Recht sprechen die Töchter, nämlich unsere, schloss Thore verschmitzt und etwas mahnend.

Es geht Dir wohl heute zu gut, sagte Nastasja augenzwinkernd, nur das weise und verständige Volk ist groß, heißt es in Dewarim, ja. Aber vergiss nicht, alle Kinder sind nachtragend. Statt alles den Söhnen Jisraels zuzuteilen, statt" am Erbteil des Stammes seiner Väter soll ein jeder der Söhne Jisraels hängen, laut Bemdibar 36,7, nehmen unsere Töchter und Schwiegertöchter das Land ein, denn ihnen haben wir das Land gegeben und warum?, flötete Nastasja ihn übertrieben süßlich an.

Weil ich an Deinem Körper auf ewig, wie ich lebe, hänge, sagte Thore zärtlich. Weil ich nichts halte vom fluchtragenden Wasser, das zur Bitterkeit und zur Bestrafung in ihren Körper kommt, ihren Schoß anschwellen lässt und die Hüfte schwinden lässt, die Frau kann nicht zum Fluch werden unter ihrem Volke, wenn der Mann nicht mehr frei ist von Schuld, wie es in Bemidbar 5,3 -6,2 steht. Denn der Mann erstattet seine Verschuldung nicht nach ihrem Werte, der früher und auch heute in vielen Gegenenden und Ländern der Welt äußerst gering bemessen ist und war, sondern er soll sich ihr hingeben, der nährenden, stillenden und spendenden Kraft seiner Frau, denn durch sie lebt er. Und das Leuchten Deines Antlitzes sei mir gnädig und gebe Dir Frieden, wir sind gesegnet, auch ohne Kind, meine Liebe, denn so geheiligt bist Du mir, dass ich bis ins hohe Alter bereit sein werde für Dich. Und damit beugte sich Thore herunter zu ihr, und sie wisperte: Hört, hört, so ein Kitsch. Das ist der Bund, uns am Leben zu erhalten, ich bin damit zufrieden. Sie legte ihre Lippen an seine und flüsterte ihm etwas ins Ohr.

Illustration Thore Baruch, Mensch

206

Kapitel 10 Tante Ava-Miranda

Illustration: Zwei liebende Frauen (25)

Ein Gesicht könnte ein Relief sein, eine formgebende Masse vor einem Hintergrund, mit dem es verschwindet. Oder es wölbt sich hervor, gewinnt Konturen, die deutlicher werden als das, was man von ihm übriglässt. Für den ökonomischen Transfer sind Menschen oft genug uninteressant, was soll schon eine Persönlichkeit dazutun? Persönlichkeit, mit zunehmendem Alter, ist das mehr als eine Illusion? Das Alter setzt so viele Jahrzehnte früher ein als der Tod, sprach eine Stimme, die im Fernseher zu einer filmisch dargestellten, fast unsichtbaren Frau gehörte, die mit dem Rücken zum Zuschauer, noch durch einen Vorhang verdeckt, in ihrer Küche mit Geschirr hantierte.

Du siehst aus wie ein junges Mädchen, graziös, etwas kokett mit dem zurückgeschobenen Haar hinter dem Ohr und den gefalteten Papieren auf dem Schreibtisch oder zwischen den Händen, wenn du sie öffnest, fliegt etwas Staub auf, wenn Du etwas schreibst, streichst Du Dir mit der Zunge über die Lippen, Deine mandelförmigen Augen weiden kraftvoll die Umgebung ab, trotz der Verengung durch das Lächeln, von Falten umgeben, Deine Hände machen große Schwünge und Flügelschläge beim Reden. Und wenn ich dich dabei zeichnen könnte käme immer eine Antilope, ein Eichhörnchen, ein Flamingo heraus oder manchmal auch eine Fledermaus, oben an der Höhlengrotte, weißt Du? Ava lächelte über Mirandas Worte.

Warum jetzt diese Liebesworte, eine Liebeserklärung? Sie sehen sich an, wissen ihr momentanes Glück zu schätzen und werden auch älter dabei, Ava ist viel gebrechlicher als ihre Schwester Nastasja, dachte Miranda, ihre Zierlichkeit hat einen Stolz, der unnachahmlich ist und sie jederzeit für mich unvergesslich macht, einige Skulpturen von Camille Claudel zeugen davon und vielleicht auch ihr Gesichtsausdruck auf manchen Fotografien.

Die Unerreichbarkeit einer guten, heilen Welt, die individuelle Unfähigkeit, eine Gesamtleistung zu vollbringen, die die Not eines Landes, eines Kontinents mehr als nur geringfügig ändern würde, als sei das Sterben an sich nicht schon schlimm genug, das Abnehmen von Lebensenergie, die Verlangsamung mochten noch mit gefüllter Stille als Reservebatterie für Ruhe und Beruhigung durchgehen, aber das schmerzbeschwerte Erkranken, dass, bei zunehmendem Alter zu beobachten war ringsum oder auch der plötzliche Tod eines Nachbarn, einer älteren Bediensteten machte ihnen klar, wie privilegiert sie waren, wo sie im Leben standen. Ava hatte genug Geld, um davon bis zum Renteneintritt zu leben und Miranda musste zwar als selbständige Autorin und Restauratorin mitunter weite Wege in Kauf nehmen, aber wenn sie von Erkundungsfahrten zurückkam oder Möbelstücke mit einem großen Sprinter durch die Gegend fuhr, die sie nach langer Kleinarbeit wieder gewinnbringend bei den Besitzern untergebracht hatte, hatte sie tagelang frei. Die Geschäfte mit antiken Möbeln liefen nicht mehr so gut wie früher, aber dafür gab es Nachfrage bei Holz- und Steinkonstruktionen im Feinbausegment.

Die Frauen haben einen Weg hinter sich, sagte Ava, hier in Europa jedenfalls kann man ihn sehen, sie haben immer noch diese Haut, die gesichtslos macht, und KI verschönert sie ihnen auf dem Kunstmarkt zur höheren Versteigerungsquote. Wir haben die sich beugenden, von Ideen beseelten Mädchen die sich Fingernägel kauend nach Freiheit sehnen, die davon träumen, Ärztinnen zu werden, deren harmlose Geschenke zum Liebhaben und Kuscheln weggesperrt und auf den Schrank gelegt werden, vom Vater angewiesen mit einer barschen Geste und einem ruppigen Ton. Das Schöne, Fremde, Kostbare und Gebräuchliche für Magen und Seele muss noch Sehnsucht werden in ihnen und für eine Tochter etwa aus türkisch konservativem Hause in einer kleinen, erschütternd dürftig möblierten Wohnung, ist die Realschule, realistisch betrachtet, gerade gut genug. Was will das Mädchen, es bekommt mehr als die Mutter je hatte. Aber natürlich gibt es auch türkische Anwältinnen und Ärztinnen, die es schaffen, tunesische Studentinnen wie Abigael, die ihren Weg gingen oder polnische Frauen vom Land, die sich in anderen europäischen Ländern Arbeit suchten und selbstständig machten. Dennoch reden wir nicht von der Masse, und die Gegebenheiten sind trotz veränderter Gesetzeslagen schwerer geworden. In Israel mögen die Frauen Soldatinnen sein und die ultraorthodoxen Frauen zum Großteil für ihre Männer und Kinder arbeiten, die politische und militärische Elite nebst den Wirtschaftsmagnaten strotzen von männlicher Dominanz, in der Justiz und in der

Wissenschaft sieht es besser aus. Aber in unseren Breitengraden ist das, was unsere Mütter Emanzipation nannten, Selbstzerstreuung, Aufbruch gesellschaftlicher Realitäten immer mehr an die Wand gefahren, wir stoßen auf Hemmnisse, die in Wirklichkeit, welcher Wirklichkeit, jedenfalls materieller, bestimmte Typen und scharfes Denken nicht zulassen, insbesondere die Anstößigkeit gegen Dienstbefugnisse den Mund aufzumachen, Intelligenz zu zeigen, gilt ganz und gar als unangebracht. Was alles ziemt sich für Frauen bis heute nicht.

Es war deprimierend. Mittelmäßige Habachtstellung und sanfte Anpassung, Kniefälligkeit mit Dienstfertigkeit unterlegt und eine Art loyale Anbiederung in beruflichen Belangen, ohne schwierig zu sein, ohne Ruhe zu stören, das ist passend für die Frauen von heute, die intellektuelle Garde hat im antiaufklärerischen Zeitalter ohnehin einen schweren Stand, umso mehr sind die sanften, dümmlichen bis lautstarken Aggressionen und unbequemen Haltungen der Schau-mich-an-Mädchen gefragt, und die fehelende Bildung und das Desinteresse an politischer Analyse, die fehlende Referenz von Überzeugungen sind das ewige Echo der modernen Gesellschaft auf die Brauchbarkeit von Frauen. Und wir beide?, schloss Ava ihre Rede, braucht man uns?, sind wir Schwestern im Geiste, körperlich und seelisch liebende gegenseitige Näherinnen, uns Stillende, aufregende, wichtig als Muster für andere? Bilden wir Traditionen oder werden wir verteufelt, als verhexte Wesen behandelt? Sind die Jahrzehnte Leben Arbeit, Visionen und Engagement in irgendeiner Weise die überzeugende Gestaltungskraft trotz Oligarchien und totalitärer

Gesellschaftsapparate in vielen Ländern? Sind wir spürbarer, lebhafter, lauthals in Wirkungsweisen? Werden Enkelinnen oder Nichten oder vertraute Nachgeborene uns ernst nehmen, uns aufbewahren, uns lesen, unsere Erzeugnisse und Daseinsweisen würdigen, unsere Fortschritte als Orientierung für ihr Leben annehmen und auslegen?

Illustration Tante Ava und Miranda, Familienbande

215

Meine Liebe, sagte Miranda zärtlich, Deine Nichte Elena würde wohl kaum seit geraumer Zeit bei uns wohnen, wenn Du keine Wirkung auf sie gehabt hättest. Sie fühlt, dass Du sie liebst und an ihren wunden Punkten der Entwicklung eine Stütze sein willst, unsichtbar, ohne ihr zu nahe zu treten in dem, was nicht wieder gut zu machen ist. Die vergangene Gewalt, Misshandlungen, missbräuchliche Übergriffe, eine irre Energie sich auszuprobieren, eine waghalsige Leidenschaft, sie hat viel eingesteckt und viel herausgefordert. Und sie hat eine enorme Kraft, kann sich zudem bedecken, sie wird ihre Abwehrmechanismen benutzen, sie steigert sich und konzentriert sich mehr und mehr auf sich selbst, hier in Deiner und unserer Obhut, nämlich auf jene Frau, die sie werden kann. Und wir beide? Wir leben. Wir verstehen zu leben. Es war mühsam, ohne Geschwätzigkeit. Die Palmen und die Sonne, die fruchtbare Landschaft haben ihres dazugetan, gewiss. Auch für die die Töchter Thores hast Du eine Bedeutung und für Thomasz Familie wirst du sie ebenfalls haben. Sei nicht so voller Zweifel oder gekränkt und besorgt.

Was mich mehr beschäftigt, ist die Frage, welche Bedeutung Kriege im 21. Jahrhundert in Europa haben und was ein Massaker, wie das am 7. Oktober im Kibbuz Nir Oz und beim Festival und Umgebung in Israel, für einen Schatten auf die Lage menschlicher Verbrechen und auf die weibliche Präsenz wirft. Woran sind Frauen in den Machteliten autoritärer Staaten beteiligt? Ist das mehr als eine rhetorische Frage?

Wie werden heute im Jahr 2025 Veranstaltungen zur philosophischen Gedankenfreiheit angekündigt? Wie der Rahmen für eine historisch ambitionierte, tiefgehende Auseinandersetzung mit der Frage, welche Entwicklungen die Freiheit des Menschen gefährden, ob der Einfluss der künstlichen Intelligenz diese Bedrohung noch stärker machen wird und in welcher Form? Es sind dann Immanuel Kant, Friedrich Schiller, Jean Paul Sartre, wahlweise Albert Camus, ein Rockmusiker namens X und Platon oder vielleicht Sokrates und Stephen Hawking und mit Rückgriff auf Nietzsche darf dann allenfalls eine Flötistin oder Klarinettistin musikalisch begleiten, sozusagen mit atmosphärischer Untermalung in süßen weiblichen Klängen den philosophischen Diskurs begleitend. Das ist die Herausforderung von heute und was hat sich für die Frauen geändert, während die Gedanken großer Persönlichkeiten vorgestellt werden? Vielleicht nennen sie auch einmal Hannah Arendt oder Simone de Beauvoir oder Rahel Varnhagen van Ense?, fügte Miranda noch ironisch an. Aber im Prinzip bleibt das Weibliche machtlos, erschütternd gut zu vergewaltigen, Mädchen werden gemartert wie Trophäen, sexistische männliche Gruppenexzesse werden wie Kavaliersdelikte geahndet und das weiche warme Fleisch und das Loch der Frau sind ausschlaggebend, oben drüber vielleicht noch mit einem Kopftuch bedeckt. Und wehe, jemand ist nicht allenfalls nebenher homosexuell, verschwiegen sozusagen, höchst defensiv damit haushaltend.

Und ich soll mich mit der omahaften Rolle des Tanten- und Großtantendaseins für Kinder in der Familie zufriedengeben, passt das zu Deiner gerade ausgedrückten Unzufriedenheit?, mokierte sich Ava. Du weißt, dass noch um die Jahrtausendwende von namhaften europäischen Geisteswissenschaftlern zwar Rabelais, Cervantes, Sterne, Dickens, Goethe, Balzac, Tolstoi, die Manns, vor allem Thomas, Proust, Joyce und Kafka als Romanformkronzeugen genannt werden, aber die Frauen, ob nun Virginia Woolf oder Anna Seghers oder in der Kunstszene Malerinnen wie Berthe Morisot kommen bei der Impressionisten-Saga lange nicht in der Eliteriege vor, bleiben unerwähnt oder avancieren bis heute nicht für ihre große künstlerische Gestaltungskraft, eher als großartige Heulsusenbeispiele wie Camille Claudel. Über Bürgermeisterämter und Besetzungen brauchen wir, ob es nun Toulouse, Hamburg oder Madrid ist, gar nicht erst zu sprechen und über Elektromechatronik oder IT-Technikbranchen auch nicht. Dafür ist die Sexarbeit wohl kaum deutlich männlich frequentiert, außer bei Freiern, nicht wahr? D. h. nicht, dass wir gar nichts erreicht haben, aber ich frage mich, welche Traditionslinien wir abbilden. Und da rangiert die Gruppenvergewaltigung in Indien sicherlich an vorderster Stelle.

Wir können die Achseln zucken. Doch es gibt auch Unternehmensentwicklungen bei Frauen und einen politischen Fokus. Wir wollen uns nicht in Sarkasmus ertränken, meine Liebe, wir wollen weiter streiten, antwortete ihr Miranda. Nimm den elektrischen Kamin als Ersatz für den Holzofen. Die maximale Heizleistung für den Innenbereich liegt bei Räumen bis 30 Quadratmetern bei über 1500 Watt und der Flammeneffekt ist hoch. Nennen wir es Trend, Kunst oder Liebe. Hauptsache, es passt zu uns. Vor allem wollen wir eins nicht; unseren Elan, unser Gedächtnis verlieren, die wir von unseren geistigen Müttern und Vätern und den weiblichen Ahnen als Vorkämpferinnen unserer Freiheit mit auf den Weg bekommen haben.

Illustration Frauenbild des 20. Jahrhunderts als Vorbild

(H.A.u.a.)

Anhang

- Samy Molcho – Portrait/Interview in der Jüdischen Allgemeinen, 17.9.2020

- Tora. Die Fünf Bücher Mose. Hebräisch-deutsch mit Prophetenlesungen. Revidierte Übersetzung von Rabbiner Ludwig Philippson (1811-1889), Herder Freiburg, 2.Aufl. 2016

- Sylvia Kéré Wellensiek: Fels in der Brandung statt Hamster im Rad, 2009